AF136645

# Quand le karma s'en mêle !

*Roman*

*Feel-good*

Albane Taymans

*Du même auteur :*

Sous son emprise (Le lys bleu) – 2019

Le parfum des pins (BoD) – 2020

Et si le masque tombe ? (BoD) – 2020

Quand le karma s'en mêle !

*Merci à Aurélie de me prêter sa silhouette pour sublimer la couverture de ce livre…*

*Papa, ne lis pas ce livre…*

## Le mariage

C'est pas vrai ! Trois jours… Non, ça c'est trop. C'est pas normal. Trois jours… Bordel ! Je suis sous pilule, pourtant… Trois jours de retard. Allez, respire Ava, respire. Qu'est-ce que je vais devenir ? Je suis trop vieille pour un bébé. 32 ans. Non, oublie, tu es trop vieille. Point. Et puis, trois jours, c'est pas des masses, ça peut encore venir dans la journée. Oui, c'est ça, rassure-toi comme tu peux. Inspiration… Expiration… Inspiration… Expiration…

-Mamaaaaaaan ! On va être en retard !

Merde, le mariage… J'avais presque oublié.

-J'arriiiiiiiveuh !

Je cours jusqu'à ma chambre, j'enfile vite fait la tenue que j'avais préparée la veille. Une petite robe crème qui tombe sous les fesses, discrète et soft. J'attache mes cheveux en un haut chignon coiffé-décoiffé, un coup de rouge à lèvres, une paire de boucles d'oreilles et je descends quatre à quatre l'escalier.

-Comment tu me trouves ?

-Tu es la plus belle, maman.

Ah ces gosses ! Tout mensonge est bon pour en finir au plus vite.

Aujourd'hui, c'est le mariage de ma meilleure amie. Ou plutôt, ma seule amie. Virginie. Virginie a 34 ans et sort depuis deux ans avec Thibault, le roi des enfoirés. Je n'ai jamais compris ce qu'ils fabriquaient ensemble. Elle est souriante, pétillante, fêtarde. Lui est mou, tire la tronche tout le temps et ne veut jamais rien faire. Je ne sais pas pourquoi ils se marient. Peut-être pour faire comme tout le monde. Je n'ai jamais rien compris au mariage. A quoi ça sert de se marier si c'est pour divorcer quatre ans plus tard ? Non, je ne suis pas pessimiste. Réaliste, constatrice. Femme blessée et dégoûtée des hommes, de l'amour et de la vie. Ça me résume pas trop mal, ça.

Quand Virginie m'a présenté Thibault, au réveillon du nouvel an, j'ai directement flairé le bazar. Je savais, à la seconde où je l'ai vu, qu'il lui pourrirait l'existence. Combien de fois ne m'a-t-elle pas appelée en pleurs. Combien de fois ne m'a-t-elle pas dit qu'elle voulait le quitter. Et voilà que trois semaines après une crise monstrueuse, elle m'annonçait ses fiançailles. Ces hommes... Quels manipulateurs !

Arrivée à hauteur de l'église dans le petit village du nom de Monflanquin, je constate qu'il y a des voitures à perte de vue. Je réfléchis à garer ma petite boule de travers entre deux berlines puis me ravise. Je vais aller plus loin. Tant pis, je marcherai un peu, ça ne me fera pas de tort. Après avoir fait trois fois le tour du village, je me fais une petite place entre deux arbres devant un restaurant qui ne paye pas de mine.

-Maman, si tu te gares ici, personne ne pourra rentrer dans le restaurant.

-Trésor, crois-moi, personne ne vient manger ici.

L'église est petite et mignonne. Mes gosses sont dégoulinants de sueur, petits et mignons. Je les admire dans leur costume de fête. Ils sont beaux mes fils.

-On peut s'asseoir, maintenant ? J'ai trop chaud, je suis pas fait pour marcher dix kilomètres moi…

-Arrête un peu, tu n'as marché que 500 mètres. Allez, venez, on est en retard.

Évidemment, les invités ont tous une place. Obligés de se fourrer sur le côté, entre les arches, debout. Les garçons décident de s'asseoir par terre et la musique retentit soudain. Je suis arrivée à temps. À quelques secondes près, j'aurais débarqué comme une bombe, gâchant la somptueuse cérémonie. Cette simple idée me fait sourire. En réalité, j'ai cogité dans mon lit, hier soir. J'imaginais les nombreuses entrées fracassantes que je pouvais réaliser dans le but de tout faire foirer, enlever Virginie des pattes de cet imbécile et filer au sud, hôtel-terrasse-alcool-nounou-pour-les-gosses. Et puis j'ai fini par m'endormir et je me suis réveillée en retard, découvrant avec grande déception l'absence de mes règles pourtant tant attendues. Qu'est-ce qu'il m'a pris de ne pas mettre de préservatif ? Tout le monde sait que la pilule n'est pas sûre à 100 %. Tomber enceinte d'un coup d'un soir, ce serait le pire des scénarios. Oui, un coup d'un soir, oui. Oh, ça y est, j'entends d'ici les offusquées, les choquées, les coincées du bulbe... Ce n'est pas parce que je suis une mère célibataire que je me suis oubliée en tant qu'être humain. Je suis une femme avec des besoins. Et qui assouvit ses besoins. Point final. J'assume. Ou pas...

Le marié arrive au bras de sa mère. Elle pleure. Si c'était un autre que lui, je pleurerais aussi. Il embrasse sa matriarche puis elle s'installe aux côtés des autres membres de la famille. Il réajuste sa veste de smoking, met les mains dans ses poches, les retire, les remet et les retire encore. De toute évidence, il est stressé. Il ne sait pas trop où regarder et ses yeux croisent les miens. Il détourne rapidement le regard et scrute distraitement les fleurs qui décorent l'autel. Je pense que lui non plus ne m'apprécie pas. Je m'en moque royalement. Il faut qu'il comprenne qu'il y aura toujours quelqu'un pour Virginie. Et ce quelqu'un, c'est moi.

La mariée débarque enfin au bras de son adorable papa. Jean-Michel est le meilleur des pères qu'on puisse avoir. Je le connais depuis vingt ans. Je ne l'ai jamais vu fâché, malgré nos soirées exagérément arrosées, malgré notre vol d'un paquet de chewing-gum au petit supermarché du village, malgré les frayeurs qu'on faisait à la vieille commère de la première rue, malgré toutes nos bêtises d'adolescentes. Jean-Michel est d'un calme olympien et ne voit que le verre à moitié plein. N'ayant pas de paternel, j'avais directement trouvé en cet homme mon repère à moi. C'est à lui que j'avais confié ma première peine de cœur. Il m'avait même proposé son aide pour faire peur à ce premier petit-copain. Ah… Jean-Michel… qui fait partie de ces rares personnes au grand cœur encore existantes dans ce monde qui m'inquiète de plus en plus.

Il embrasse sa fille puis laisse la place à son gendre. Je me demande bien ce que Jean-Michel pense de Thibault. Je n'ai jamais osé lui demander. Virginie aurait sans doute été furieuse si elle l'avait appris. Elle est émue en découvrant son futur mari de plus près. Je suis émue de la voir dans cet état. Je rêve de la voir heureuse. Avec un autre homme. Quel gâchis de se marier avec lui ! Il est tellement con. Bon, ça suffit de maudire cet homme, je vais finir par penser tout haut et je vais me faire remarquer.

Ça y est, c'est le moment. Silence de plomb dans l'église. Le prêtre vient tout juste d'inviter celui qui souhaite s'opposer à cette union de parler ou de se taire à jamais. Je retiens mon souffle. Je regarde discrètement autour de moi, les gens sourient et attendent la suite. Ce laps de temps me semble durer une éternité. Soudain, quelque chose me chatouille la narine. Non, non, non ! C'est pas le moment, l'ecclésiastique n'a pas encore repris son discours. Mais qu'est-ce qu'il attend, bordel ? Ça chatouille plus fort. Je frotte le bout de mon nez, je regarde en l'air, je plisse fort les yeux. Trop tard, foutu, mort. J'éternue tel un singe hurleur découvrant avec horreur sa guenon infidèle. Comme si ça ne suffisait pas, j'inonde ma culotte. Saloperies de sphincters. Deux accouchements, pas de kiné périnatale, voilà le résultat. Je tousse, je pisse. Je saute, je pisse. Je rigole, je… bref. Tout le monde se retourne vers moi. Virginie me fusille du regard. Je fais mon plus bon sourire et baisse la tête. Et c'est là que je constate l'étendue des dégâts. Le prêtre reprend son discours et invite les jeunes époux à s'embrasser. Je m'abaisse à l'oreille de mon aîné.

-Donne-moi ta veste, s'il te plaît.

Évidemment, il se retourne et crie pour toute l'assemblée.

-Maman ! Tu vas mourir !

-Tais-toi, s'il te plaît. Tais-toi !

Une fois de plus, j'attire toute l'attention. J'attrape mon fils et tente de me cacher derrière lui. La musique reprend et les invités commencent à sortir du bâtiment. Je suis la dernière à sortir, la robe anciennement crème désormais rouge sang, une veste de smoking taille 7 ans autour de la taille. Plus ridicule que moi en ce moment ? Impossible.

Contrairement à la majorité des femmes, je fais partie de ces chanceuses (ou pas) qui ne voient arriver leurs vilaines qu'un mois sur trois. Tandis que certaines souffrent physiquement, psychologiquement, physiologiquement (et tout ce qui se termine par « ement ») tous les mois, moi je suis un peu plus épargnée. Pourquoi ? Aucune idée. J'ai toujours eu un cycle irrégulier… et totalement imprévisible. Voilà le gros point négatif : elles débarquent quand elles veulent, sans prévenir. Un jour où vous pensez sortir de l'eau de la piscine municipale telle une déesse de la célèbre pub pour les rasoirs Venus, un matin où vous êtes pressée car vous vous êtes encore levée en retard et où vous constatez que votre panier « serviettes hygiéniques » vous fait la tronche, un soir où vous vous retrouvez chez votre très désiré sex-friend et que la nuit rêvée depuis deux semaines se transforme en flop monumental, ou encore quand vous vous retrouvez au mariage de votre meilleure amie, avec une petite robe de couleur crème et que votre seule solution est la veste de votre fils de sept ans. La menstruation, ça sert à quoi déjà ?

Une fois tout le monde dehors, je m'éclipse discrètement et court jusqu'à la voiture, suivie de mes deux acolytes hors d'haleine. Par chance, j'ai laissé mon long gilet gris dans le coffre. Je l'enfile et le ferme comme je peux avec sa petite cordelette qui se détachera très probablement toutes les quarante secondes. J'ouvre la boîte à gants et y trouve un paquet de mouchoirs que je vide complètement, fourrant son contenu dans ma culotte. Ça fera l'affaire quelques heures. De toute façon, je n'ai pas prévu de rester très longtemps. Surtout avec les petits qui vont s'ennuyer à mourir.

J'avais faux sur toute la ligne, la seule qui s'ennuie ici, c'est moi. Un groupe d'une vingtaine d'enfants ont trouvé de quoi s'occuper en construisant des montagnes géantes de gobelets en plastique et mes monstres s'y sont bien vite intéressés. Je soupire, affalée sur ma chaise, observant les mariés qui dansent au milieu de la piste.

-Ils sont beaux, hein ?

Jean-Michel vient s'installer près de moi sans pour autant quitter des yeux sa fille et son gendre.

-Oui, très…

Je mens trop bien. Comme Auguste, ce matin. Finalement, c'est peut-être de moi qu'il tient ça…

-Que penses-tu de Thibault ?

-Oh, je pense que c'est le pire des mecs avec qui elle puisse être. C'est un arrogant personnage, il est con, il est ennuyant à mourir. En plus, vous avez vu sa tronche ? On dirait une truite. Mais si, ce petit poisson tout gris, tout moche avec ses gros yeux globuleux et ce corps immonde qui se dandine dans tous les sens. Aucun sens du rythme. Bref, il n'a vraiment rien pour lui. Je ne comprends pas ce qu'elle fabrique avec lui.

Non, je rigole ! Je n'ai évidemment pas répondu ça. Bien que ce soit exactement ce que je pense de lui. J'ai été un peu plus soft.

-Oh, il a un bon travail, il est… indépendant, c'est bien ça pour Virginie…

-J'espère qu'il la rend heureuse. Sa mère se retournerait dans sa tombe si c'était le cas contraire.

Eh bien, j'espère qu'on ne sera jamais amené à ouvrir le cercueil. On ne reconnaîtrait plus la tête des pieds.

Après deux heures d'ennui, j'attrape mes mômes et rejoins Virginie, attablée près de ses cousines.

-Ava ! Qu'est-ce que tu as ? Tu as besoin d'une ambulance ?

Ce gilet…

-Non, ne t'en fais pas. Un petit imprévu menstruel. Félicitations pour ton mariage. Je rentre, les petits sont fatigués. On s'appelle plus tard.

Très vite, je m'éclipse la première, bien heureuse de pouvoir compter sur mes fils pour échapper à toutes les situations qui me barbent. Je les installe à l'arrière de la voiture lorsqu'un individu que je n'ai pas vu venir se tient debout derrière moi. Je me retourne aussitôt que je sens sa présence.

-Vous êtes garée devant mon restaurant.

-Je m'en excuse, j'étais pressée.

-Et moi ce restaurant me fait vivre. Avec votre voiture garée devant mon établissement, la clientèle s'est faite très discrète. Si pas absente.

-Oh je vous en prie… Je suis désolée, d'accord ?

-Vous allez m'indemniser, vous savez ?

-Vous indemniser ? Parce que ma voiture était garée devant votre… restaurant ? Écoutez, j'ai mes règles, alors c'est pas le moment de m'énerver. Votre bâtiment, il est pourri, on n'a pas envie de rentrer dedans et on n'a même pas envie de savoir ce qu'on fait dedans. Arrangez tout ça et votre clientèle sera peut-être présente !

Sur ce, je suis rentrée dans ma petite cacahuète et je suis partie en trombe. Merde quoi !

# Gloire à Dieu

Il est 22 heures. Les petits sont enfin couchés. Je rassemble la vaisselle sale sur le plan de travail de la cuisine et la range dans le lave-vaisselle. Je me demande ce qu'un couple normal ferait en ce moment. C'est quoi pour moi un couple normal ? Oui, bon, d'accord. On va plutôt dire un « couple idéal ». Alors, que fait le couple idéal ce soir ? Il est certainement en train de manger un dessert dans un bon petit restaurant, laissant les enfants à la parfaite grand-mère paternelle. Ou bien il est dans le canapé, il regarde un film d'action à la télévision. Ses deux paires d'yeux se croisent de temps en temps et les caresses délicates sur le bras s'intensifient quand il se rend compte qu'il a inconsciemment ralenti la cadence. Après ça, je trouve qu'il y a deux sortes de couples idéaux. Le premier enfile son pyjama en soie, s'embrasse et s'installe dans le lit conjugal, lampes de chevet allumées, un bouquin sur la mécanique quantique pour Monsieur, un roman à l'eau de rose pour Madame. De temps en temps ils s'admirent l'un l'autre et se rappellent une fois de plus l'amour et la tendresse si forts qui les unissent. Et puis il y a le deuxième. Celui qui n'a pas d'enfant ou bien dont les enfants sont de parfaits petits robots endormis aussitôt qu'on les met au lit. Ils peuvent alors faire l'amour pendant des heures en toute liberté. Ils n'ont pas besoin de dormir dans un pyjama en soie, ils dorment à poil ou en t-shirts. C'est plus simple puis les câlins plus intenses une fois peau contre peau.

Et puis il y a moi, Ava, 32 ans, maman célibataire de deux petits garçons aussi adorables qu'insupportables. Ce n'est pas un choix. Quoi que… David et moi étions ensemble depuis cinq ans quand je suis tombée enceinte d'Auguste. A partir de ce moment-là, quelque chose a changé en lui. Il m'évitait, évitait son fils, évitait la maison. Il passait le plus clair de son temps à son atelier. David est un artiste. Il peint et vend ses tableaux parfois une petite fortune. Et puis on s'est séparés. Pour finalement mieux se retrouver trois ans plus tard. Et là, bam ! Encore enceinte. Cette fois-ci, nous n'avions pas prévu le coup. Je me suis posé la question ultime. Garder le bébé ou pas ? J'avais déjà Auguste et on ne pouvait pas dire que David était fort présent. Notre couple battait à nouveau de l'aile mais on a décidé de garder l'enfant, espérant qu'il réussisse à nous sauver. Grossière erreur, ce pauvre petit bébé n'avait rien demandé et on comptait sur lui pour nous rétablir.

David est finalement parti quand j'étais enceinte de huit mois. Salaud. Alors je suis retournée chez ma mère, avec mon gamin et mon gros ventre.

Ma mère s'appelle Géraldine, est célibataire et ses 58 balais passent totalement inaperçus sous ses innombrables couches de maquillage. Elle est restée mariée vingt ans à Hubert, qu'elle avait rencontré alors que je n'avais que deux ans. Puis il est finalement parti avec une gamine de 22 ans, ce qui a anéanti ma mère. Depuis, elle s'est trouvé deux vocations. Le maquillage et la foi en Dieu. Elle se rend à la messe deux fois par semaine, prie tous les soirs devant son lit, tous les matins dans sa salle-de-bains et m'obligeait à prier à table, avant chaque repas lorsque je vivais chez elle. J'ai directement pensé aux conséquences du divorce. Mais, systématiquement, elle insistait sur le fait que sa foi était en elle depuis toujours, juste non assumée.

Lorsque je suis arrivée, enceinte, chez ma mère, j'étais, moi aussi, anéantie. Seule avec un fils et un autre en devenir. Qu'allais-je bien pouvoir faire ? Comment m'en sortir seule ? Ma mère s'était alors juré de me faire changer d'avis sur ma condition de maman solo. Elle allait m'apprendre à avoir confiance en moi et, surtout, à retrouver la foi. J'avoue ne pas avoir réellement été emballée par cette dernière idée. Je n'avais jamais cru en Dieu et, à vrai dire, je m'en fichais un peu. C'est ainsi que deux fois par semaine, je m'en allais à l'église, accompagnée d'Auguste qui finissait souvent par s'endormir dans sa poussette. Les paroles du prêtre étaient plutôt chouettes. Pas de celles endoctrinantes qu'ont la plupart des curés. Alors je me suis laissé porter, déprimée et dégoûtée de la vie, mais emballée par tous ces gens qui chantaient et dansaient avec le vieil ecclésiastique sympathique.

-Et comment vas-tu l'appeler, ce bébé ?

C'était la question. Je répondais :

-Je ne sais pas encore.

Et je n'en avais aucune idée. Alors, avant de vous avouer le nom que porte ce pauvre gamin de maintenant trois ans, il faut que je vous rappelle le contexte. J'étais déprimée, facilement manipulable. Puis j'avais retrouvé ma mère et son influence. J'avais 29 ans, peut-être 18 mentalement. Je n'étais plus sûre de mes propres décisions, estimant qu'elles n'avaient aucune valeur. Alors quand ma mère a proposé ce nom qui lui tenait tant à cœur, j'ai dit oui. Je pensais finalement que j'en avais envie, moi aussi. Alors j'ai dit oui. Un an après mon accouchement, j'ai d'ailleurs eu droit au plus beau des baptêmes pour mes fils, que j'ai décidé de faire baptiser ensemble. Le prêtre était enchanté d'avoir ce nouvel enfant au sein de la soi-disant Maison du Seigneur. Et c'est ainsi qu'il baptisa avec fierté mes deux garçons, Auguste et Jésus.

## Un clone, ça s'achète où ?

Mon lave-vaisselle est en route. Il est 22 heures et 20 minutes. J'hésite entre regarder un épisode de ma série policière ou dormir pour pouvoir récupérer toutes les heures de sommeil qu'il me manque. Je choisis l'option la plus sage. Demain je vais bosser et je suis déjà trop fatiguée. Je me glisse dans mon grand lit. La pièce est dans le noir complet. Parfait. Je me laisse à rêvasser, bercée par les bruits du lave-vaisselle. La maison est endormie, sauf ce merveilleux électroménager. La nuit, j'aime le silence mais j'avoue que j'enclenche l'appareil tous les soirs, juste avant d'aller me coucher car il me chante ma berceuse qu'aucun humain ne serait capable d'imiter. Et je m'endors doucement.

Pour me réveiller à 6h30 le lendemain.

-Mamaaaaaan !

Auguste, véritable réveille-matin. J'émerge doucement d'un sommeil profond et bien trop court.

-Mamaaaaaan !

-Mmh…

-Jésus a la chiasse !

-Auguste… La politesse…

-Oh, mes excuses.

-Merci…

-Jésus chie en spray !

-Auguste !

Sale gosse. C'est bon, je suis d'attaque. J'approche de la salle-de-bains d'un pas décidé. Mon pauvre petit garçonnet se tortille sur la toilette.

-Mal au ventre, moi…

-Oh mon petit chat… Tu n'iras pas à l'école aujourd'hui. Je vais appeler Nancy.

Le téléphone à l'oreille, je fouille dans ma pharmacie après du sirop pour la gastro. C'est toujours comme ça. Quand je suis obligée d'aller bosser ou quand j'ai un rendez-vous important, il y en a toujours un qui tombe malade. Une gastro, manquait plus que ça.

Dix minutes plus tard, Jésus installé devant la télévision sous un tas de plaids nauséabonds qu'il m'interdit de laver, je m'apprête devant le miroir d'une main et brosse les dents d'Auguste de l'autre.

C'est compliqué d'être une mère célibataire. Je rêve très régulièrement de pouvoir me cloner. Tandis que le clone les habillerait, leur coifferait les cheveux, leur préparerait le petit-déjeuner, moi, la vraie, je traînerais dans mon lit et partirais pour le travail une heure après le départ quotidien habituel. Je soupire un bon coup et fonce ouvrir la porte à la baby-sitter qui sonne pour la deuxième fois.

-Salut, Nancy. Merci d'être venue aussi vite. Je suis désolée, je suis pressée, il faut que je parte. Il est dans le divan, il regarde un dessin animé. Je serai de retour vers 14h. En cas de problème, n'hésite surtout pas à m'appeler.

J'embrasse mon petit malade, attrape Auguste et son cartable et nous grimpons dans la voiture. C'est ainsi tous les matins. Auguste me réveille, ils déjeunent, je croque dans un fruit. Je m'habille, les habille, me coiffe, les coiffe, etc. Puis, hop ! Tout le monde en voiture. Je les dépose à l'école puis roule pendant quarante minutes jusqu'à mon bureau. Je fais un trois quarts temps depuis la naissance de Jésus. Élevant seule les enfants, il a fallu trouver un compromis avec la boite. Ils n'étaient guère enchantés par ma requête mais c'était ça ou je les quittais. Je suis chargée de presse dans une petite boite de publicité. Autrement dit je suis l'interface entre les artistes, entrepreneurs, indépendants, etc. et la presse. C'est mon boulot d'aller sur le terrain, prendre des notes et de dispatcher le reste à l'équipe. Donc on peut dire que sans moi, ils galèrent un petit peu. Ils m'ont refusé le mi-temps mais se sont mis d'accord pour les trois quarts. C'est mieux que rien.

Après avoir déposé Auguste à l'école, acheté un café et garé ma cacahuète dans le souterrain, je monte jusqu'à mon étage. Le premier car c'est le seul étage du bâtiment en pleine rénovation. Ils ont construit le parking au sous-sol il y a maintenant sept mois. Le bâtiment, anciennement entrepôt, va s'allonger et accumuler quatre étages. À la réception, je croise le regard moqueur de Christiane. Je lui lâche un « bonjour » du bout des lèvres juste par politesse. Je la croiserais en rue, je lui cracherais dessus. Christiane ne me répond même pas. Sans le montrer, je me sens alors ridicule de l'avoir saluée. Je m'installe à mon bureau, allume mon vieil ordinateur et vérifie ma messagerie. Christiane m'observe de temps en temps à travers la vitre qui me sépare d'elle.

Christiane est une vilaine femme de 49 ans qui en parait vingt de plus. Elle est toujours tirée à quatre épingles, pue l'eau de toilette féminine genre « Brise Marine » que l'on asperge nos toilettes pour camoufler les mauvaises odeurs, et prend tout le monde pour de la crotte. Personne ne l'aime ici. Sauf Ginette de la cafète. Je ne comprenais pas ce qu'elle fichait encore ici jusqu'à ce que je surprenne une conversation que je n'aurais jamais dû entendre.

C'était un mardi matin. Je n'avais pas envie de venir travailler. Comme presque tous les jours. Mais je suis venue. Je n'ai même pas pris le prétexte de mes enfants malades. Je suis venue. Après tout, faut le payer ce loyer. Alors que j'étais énervée parce que Christiane avait piqué ma place de parking, j'étais à deux doigts de l'intercepter à la réception lorsque le patron lui-même la réclama dans son bureau. Je m'assis au mien et attendis qu'elle redescende. Le temps me semblait long tout à coup. Alors je mis le téléphone à l'oreille, bien décidée à joindre le patron en prétextant un souci technologique avec l'ordinateur. Ce à quoi il m'aurait en toute logique répondu de me débrouiller toute seule et de contacter quelqu'un d'autre de plus compétent dans le domaine. Sauf que ça ne s'est pas vraiment passé comme ça. J'ai décroché le téléphone et, contre toute attente, la ligne téléphonique du patron était déjà branchée sur la mienne. Bingo ! Je pouvais écouter en toute impunité la conversation qu'il avait avec cette cruche de Christiane.

-Puisque je te dis que ça ne se reproduira plus, Christiane !

-Tu ne peux pas me jeter comme ça, aussi facilement.

-C'est pourtant comme ça. C'était une erreur, Christiane. Je suis sincèrement désolé. Je voudrais que cette histoire ne sorte pas de ce bureau.

-Puisque c'est comme ça, je vais porter plainte.

-Porter plainte ? Voyons, Christiane ! C'est scandaleux ! Nous sommes adultes. Et nous étions tous deux consentants !

-Alors on va passer un marché...

La sale bête elle faisait chanter le patron. Et c'est ainsi qu'elle eut sa place assurée jusqu'à la retraite. Coucher avec mon patron, ça ne m'est jamais venu à l'idée. Enfin, si. Mais pas avec lui. Beurk... Mon ancien patron était une bombe sexuelle. Michaël. Il était gérant d'un petit café à Monflanquin. J'habitais non loin de là avant de rencontrer David et je cherchais un petit job, histoire de pouvoir assumer un petit loyer. Michaël m'avait directement engagée bien que je n'eusse aucune expérience dans le domaine. Peut-être m'avait-il trouvée belle. En tout cas, c'est ce que j'espérais de tout mon cœur à ce moment-là car, moi, je le trouvais absolument irrésistible. Et un jour, alors que j'inspectais la réserve, mon fantasme était sur le point de se réaliser. Coucher avec mon patron, j'en rêvais au moins une nuit par semaine. Ce rêve était toujours fabuleux et quand le réveil sonnait, je rouspétais à l'idée de ne garder que des bribes de ce souvenir érotique. Mais ce jour-là, dans la réserve, rien ne se passerait comme dans mes rêves fous. Il me colla contre l'étagère, attrapa sa fermeture éclair qu'il descendit un peu trop vite à mon goût. L'excitation je supposais. Puis, lorsque mon regard se baissa au niveau de son entrejambe, je tombai presque dans les pommes ! Au bout de ce petit pénis (déception immédiate), une espèce d'énorme verrue rouge-jaune-violette semblait me faire coucou. Je n'ai jamais couru aussi vite. Il m'aura fallu quelques semaines pour m'en remettre. Depuis cet épisode phallique déconcertant, j'ai décidé de ne plus jamais fantasmer sur un boss, aussi séduisant soit-il.

## J'étais une mère parfaite avant d'avoir des enfants

Affalée sur ma chaise à roulettes, j'observe autour de moi. Je constate une fois de plus la laideur de ce bureau. Tout est moche, mal agencé, impersonnel. Pas le droit de mettre un cadre sur le mur, pas de plante, pas de carpette, rien. « On ne sait jamais qu'un ouvrier volerait quelque chose. Nous ne sommes pas assurés pour ça. » Non, mais qui volerait une plante ? Un appel sur la 2 me sort de mes pensées.

-Ma biche, il faut que je te raconte.

Virginie, au bord des larmes.

-Quoi ?

Moi, Ava, en mode « écoute habituelle et quotidienne de ses plaintes habituelles et quotidiennes ».

-Thibault est un enfoiré. Il a adopté un chien sans même me demander mon avis !

-Oh oui, oh la la…

-Et tu te rends compte que cette bête pisse absolument partout !

-Oh oui, oh…

-Et tu te rends compte qu'il tient à ce que cet animal dorme dans notre lit !

-Oh, pfff…

-Oui ! Et tu te rends…

Je n'écoute plus. Elle me fatigue. C'est tous les jours le même cinéma. Je l'avais prévenue de ne pas épouser ce type. Elle ne m'écoute jamais. Mais après tout ce charabia, elle finira par me dire qu'elle l'aime, que malgré ses lubies il est génial et patati et patata. Ça confirme encore plus ce que je ressens. Les hommes, ce n'est plus pour moi. Je ne veux pas dire par là que je suis faite pour les femmes, enfin, je crois… Non, les hommes c'est terminé. Il n'y en a pas un pour rattraper l'autre. Ils cachent tous un vice sous un vice sous un vice… Je préfère les plans d'un soir, une fois de temps en temps. Pas d'attache, pas de sentiments, rien. Les ruptures sont plus faciles comme ça. Et puis, concrètement, ça sert à quoi un homme ? Auguste et Jésus vont devenir adultes, un jour. J'ai tellement peur. Peur qu'ils deviennent de véritables bourreaux des cœurs, des manipulateurs, des lâcheurs de femmes enceintes. J'ai intérêt à bien les élever, ces deux-là. J'ai acheté plein de livres concernant l'éducation. Alors on a de tout ! Et surtout, tout pour vous faire culpabiliser de lui avoir foutu une claque sur les fesses, de lui avoir donné un chocolat à 22 heures, d'avoir oublié de lui brosser les dents trois jours de suite, de ne pas lui avoir donné ses vitamines depuis six mois, de l'avoir laissé devant la télé un lundi soir, d'avoir cédé à sa crise pour un paquet de bonbons au magasin, de l'avoir incité à piquer le ballon du vilain gosse des voisins, de ne pas l'avoir repris quand il a fait un gros rot devant les clients offusqués d'un petit restaurant,… Bref, vous avez compris le genre de livres ultra culpabilisants qui vous rappellent, une fois de plus, votre incapacité à imposer des limites claires et précises, à vous faire obéir et à laisser la place à l'amour inconditionnel.

Dans le genre « je suis une mère parfaite sans avoir de gosses », ma sœur. Erin.

Erin a 28 ans et connait tout de la vie. Enfin, c'est ce qu'elle croit. Vous avez un souci avec votre machine à laver ? Appelez Erin. Votre couple bat de l'aile ? Appelez Erin. L'eau de vos pommes-de-terre ne bout pas assez vite ? Appelez Erin. Et, enfin, la pire de toutes : vous avez du mal à éduquer vos enfants ? Appelez Erin.

-Moi, quand j'aurai des enfants, je ne les laisserai pas regarder la télévision avant trois ans.

*Oui, ben, quand tu auras des enfants et que tu seras exténuée, accumulant une semaine entière de journées agitées, tu te rendras vite compte que la télé ça les occupe pendant que tu somnoles comme un zombie. Qu'ils aient 3 ans, 2 ans, 8 mois, crois-moi, tu ne culpabiliseras même pas.* Oui, je sais, je vais être la risée de tous les professionnels de la petite enfance.

-Moi, quand j'aurai des enfants, ils passeront avant mes propres besoins.

*Et un jour, tu te rendras compte que tu n'as pas pris le temps de faire caca depuis cinq jours alors que d'ordinaire tu te rends sur le pot deux fois par jour et tu finiras aux urgences avec les intestins bouchés.*

-Moi, quand j'aurai des enfants, je ne crierai jamais dessus.

*Hahaha ! Ça, c'est le pire mensonge que l'on se raconte à nous-mêmes.*

-Moi, quand j'aurai des enfants…

-Oui ben, toi, quand tu auras des enfants, tu feras comme tu pourras et pas comme tu voudras. Tu abandonneras bien vite tes bonnes résolutions et tu en prendras des nouvelles. Quand tu auras des enfants, tu feras des choses que tu ne pensais jamais faire avant. Parfois, t'en auras honte, parfois t'en seras fière. Je parle des résolutions. Et peut-être un peu des enfants aussi… Des fois tu seras fatiguée, sur les genoux et tu les laisseras faire quelque chose que tu leur aurais interdit normalement. Parfois, tu crieras et tu hurleras parce que tu te seras écrasé l'orteil sur un Lego ou une saloperie de petit Playmobil qu'il n'aura pas pensé à ranger, ou parce qu'il aura renversé son assiette alors que tu auras passé deux heures de nettoyage intense avant le repas, ou encore parce que tu auras eu peur qu'il ne tombe, qu'il ne se blesse, qu'il ne se coupe, j'en passe. Quand tu auras des enfants, tu remarqueras que ton monde aura changé. Tout ton toi, tout ton être sera différent. Tes principes, tes attentes, ta façon de penser, de réfléchir, d'être. Avant d'avoir des enfants, on croit savoir. Mais quand ils sont là, ce n'est que le début d'un long apprentissage. Quand tu auras des enfants, tu te rendras compte que tu n'es pas cette mère parfaite que tu t'imaginais être. Tu auras parfois honte de toi et de tes actions, tu culpabiliseras quelques fois, tu te remettras en question souvent et puis tu souffleras un bon coup. Quand tu auras compris qu'il n'y a pas de mère parfaite, ni d'enfants parfaits, tu pourras être fière de toi et de tout ce que tu auras accompli chaque jour. Etre une mère imparfaite, c'est le plus dur mais le plus beau des métiers.

Alors, s'il te plaît, maintenant ferme-là avec tes conseils à deux balles.

Du foie de bœuf… Où puis-je vomir ?

Je décolle enfin de Virginie quand mon boss m'appelle. Je dois le retrouver dans son bureau. Maintenant.

-Ava, j'ai quelque chose pour vous.

Chouette, un cadeau…

-Une mission importante.

Oh non, du boulot…

-Vous allez me rédiger quelque chose de fabuleux pour ce garçon.

-Quel garçon ?

Il me tend la photo d'un homme d'une bonne trentaine d'années, bien habillé, bien coiffé. Plutôt bel homme.

-Le chef Edouard Riboud. Il rénove son restaurant. Il nous fait entièrement confiance pour la gestion de sa publicité et il compte sur nous pour gagner en popularité. Son petit bazar va se transformer en une grosse machine gastronomique. J'en ai l'eau à la bouche rien qu'à en lire le projet de sa carte.

Le but de ma mission aujourd'hui : me rendre sur le lieu, analyser le lieu et son environnement, prendre note de tout ce qui m'intéresse et de tout ce qui pourrait intéresser ses futurs visiteurs. Entrer dans le restaurant, observer son fonctionnement, discuter avec le restaurateur, goûter un plat ou deux, repartir avec des photos et un carnet bien rempli. Ça a l'air simple comme ça. Mais il faut avoir l'œil et l'esprit ouverts, ne pas recracher un plat immonde mais l'avaler sans rechigner, ne pas s'évanouir sous l'effet de la mauvaise haleine de votre interlocuteur, ne pas s'endormir lorsqu'il raconte son histoire et celle de sa société et surtout, sourire. Vous êtes la représentante de votre société de presse, alors souriez.

Je roule tranquillement dans le petit village de Monflanquin. J'ai toujours admiré cette minuscule ville, au milieu de nulle part, entourée de champs et de forêts. Entrer dans Monflanquin c'est comme entrer dans l'intimité de toute une communauté paisible, souriante et accueillante. Ce village est ressourçant. Une fois dedans, vous ne voulez plus en sortir. Ses rues sont en damier, arborant façades en colombages ou en pierres fleuries et bâtisses de caractère. Toutes les maisons semblent reliées grâce aux petits pontets qui les unissent les unes aux autres.

Je monte la côte avec ma petite cacahuète et je prends le temps d'admirer la Bastide. Une affiche indique qu'on peut visiter les lieux avec, je cite, Janouille la Fripouille.

Au bout de quelques minutes, j'arrive à destination. Un léger agacement m'envahit soudain lorsque je comprends où je suis. Effectivement, l'endroit est méconnaissable. Le bâtiment ne ressemble en rien au petit restaurant devant lequel je m'étais maladroitement garée lors du mariage de Virginie. Pourvu que le gérant ne me reconnaisse pas... J'ajuste ma mèche de cheveux devant le rétroviseur et sort de mon véhicule. J'attrape mon sac à l'arrière, souffle un bon coup et file jusqu'à l'entrée. Le menu du jour est affiché devant la porte vitrée.

*Entrée*

*Gambas au lait de Tigre, maïs et avocat*

*Plat*

*Cuisses de pintade pochées au bouillon Thaï*

*Dessert*

*Crémeux chocolat-sarrasin*

Mmmmm… Je comprends le boss qui bavait devant sa photo. Et dire que j'ai des chances de goûter à ces plats gastronomiques hors de prix.

-Bonjour, vous êtes Ava Denis ?

Oh non, c'est lui…

-Bonjour, vous devez être Monsieur Riboud ?

Bien sûr que c'est lui, andouille. C'est écrit sur sa veste.

-Je vous fais visiter et on discute en même temps, c'est ok pour vous ?

Je hoche la tête en souriant et lui emboîte le pas. Puis il se retourne.

-On s'est déjà vus quelque part, non ?

-Non, non. Je m'en serais souvenue.

Puis il m'explique la naissance de son bébé. Des parents restaurateurs qui lui ont légué le petit restaurant familial. Si ça marchait très bien pour eux, il en était autrement pour Edouard. Son divorce et la dépression qui a suivi n'ont pas fait ses affaires et l'entreprise familiale s'est doucement laissé aller. Aucun client depuis un an et demi, les serveurs sans salaire, Edouard a décidé de se réveiller et de tout métamorphoser. Du gastronomique, c'était un pari osé mais il voulait tenter le coup et attirer une nouvelle clientèle. Moi je dis pourquoi pas ? Je prends note et nous nous dirigeons vers la cuisine. J'attendais ce moment depuis une heure déjà, écoutant avec inquiétude grandissante les plaintes de mon pauvre ventre. Riboud me raconte les travaux entamés dans la cuisine et le nouveau matériel plus spécifique pour certains mets de la gastronomie française. J'écoute sans écouter, espérant pouvoir me remplir la panse le plus rapidement possible. L'homme ne me regarde pas quand il parle, absorbé et fasciné par tous les éléments qui l'entourent. Il aime ce qu'il fait et je l'envie. Le seul point que je trouve intéressant à mon travail est le fait de pouvoir le quitter lors de mes rencontres partenariales. Je n'aime pas mon bureau, sa vue sur un parking, sa déco obligatoirement minimaliste, je n'aime pas mes collègues, je n'aime pas mon boss. Je n'aime pas ce que je fais. Je ne sais même plus pourquoi je me suis lancée là-dedans. J'espérais peut-être un contact régulier avec les clients, la sociabilité, le partage. En réalité, je suis toute la semaine enfermée dans ce bureau ridicule, à jouer au Démineur sur mon vieil ordinateur et à répondre aux appels intempestifs de Virginie. Je rencontre un partenaire en moyenne quatre fois par an. Le reste du temps, c'est Etienne, mon vieux collègue, qui s'en charge. Au fond de moi, je suis sûre que c'est ma punition pour avoir réclamé mon trois-quarts temps. Ils m'obligent à me confiner dans ce maudit bureau. Je donnerais n'importe quoi pour échanger ma place avec un marchand de glaces, ou un écrivain, ou encore un chevrier des montagnes. La liberté…

-Madame Denis ?

-Mh ?

-Vous ne voulez pas goûter ?

-Oh bien sûr que si !

-Très bien. J'ai l'honneur de vous présenter notre foie de bœuf !

Oh non, par pitié…

## Ça va péter !

Il est 14 heures et je rassemble mes affaires. Nancy ne m'a pas appelée donc je suppose que tout va bien. J'enfile mon manteau et referme derrière moi quand Christiane m'interpelle.

-Ava ! Je ne sais pas comment c'est possible mais Monsieur Riboud t'a trouvée très agréable et il laisse donc tomber les indemnités que tu lui dois pour t'être mal stationnée devant chez lui il y a peu.

Et elle est fière, la vieille peau.

Et il se souvenait de moi, l'enfoiré.

Je dépose mes affaires dans l'entrée de la maison et me dirige vers le salon. Mon fils endormi, je remercie Nancy de s'être déplacée en urgence, lui règle sa note et la raccompagne à la porte.

-Il n'a plus fait caca de la journée. J'ai peur qu'il ne soit un peu constipé…

Elle fait bien de prévenir. Je sais désormais à quoi je vais passer mon vendredi soir. Je dépose délicatement un bisou sur le front de mon garçon et je file à la cuisine. Je fouille dans le réfrigérateur sans trop savoir quoi manger. A vrai dire, je cherche à faire passer ce sale goût de vieux bœuf qui me reste au fond de l'estomac. Un yaourt aux framboises ? Oui pas mal. Périmé depuis deux semaines ? Oh, ce n'est rien. Les yaourts ça se mange encore le mois suivant. Je saute dans mon long et moelleux canapé avec mon yaourt que je manque de renverser sur le tissu et je zappe quelques chaînes à la télévision. Je ne regarde jamais la télé. Pas le temps. Deux enfants, un boulot, la maison, le ménage, les courses, les ceci, les cela… Comment vous faites pour trouver le temps de regarder la télévision ? Moi je zappe trois minutes, je ne m'accroche à aucune série, la médiathèque des enregistrements est pleine à craquer depuis six mois et je n'ai toujours pas eu le temps de visionner un film. Si mes fesses ont la possibilité de se reposer trois minutes montre en main, ce n'est pas le cas pour mon cerveau.

-Jésus, il faut faire caca maintenant, mon chéri !

-Non !

Je sais pertinemment bien que s'il ne fait pas caca avant ce soir, je suis jusqu'à minuit sur la toilette avec lui à l'encourager pour sortir cette terrible crotte qui le fait pleurer depuis des heures. Les gosses et la constipation. Une horreur. La pédiatre m'avait expliqué qu'un enfant pouvait craindre d'aller à selles car c'est « une partie d'eux qui s'en va ». Du coup, traitement laxatif léger depuis ses deux ans, suppositoires de glycérine en cas de crise de constipation et encouragements en tous genres. Exemple :

-Mon chéri, tu pousses et je pousse. Le premier qui a fait a gagné !

Le jeu, bonne idée. Mais à ce stade, la crotte est encore trop loin dans l'intestin.

-Mon chéri, si tu fais caca, on ira chercher un jouet au magasin.

Chantage ridicule et inutile. Le lendemain vous vous rendez au magasin de jouets, il choisit une bêtise hors de prix et vous vous rendez compte que vous n'avez plus un rond. Ne jouez pas au chantage. Il se souviendra de ce jouet que vous ne lui avez pas acheté pendant trois mois !!!

-Mon chéri, si tu fais caca, tu pourras faire dodo avec maman.

Erreur monumentale, je vous souhaite bon courage pour vous en débarrasser les nuits suivantes.

-Mon chéri, si tu fais caca, demain on ira toute l'après-midi à la plaine de jeux. Promis.

Et le lendemain il pleut. Mais vous avez promis alors vous souriez sous votre imperméable, suppliant l'univers pour que votre enfant se fatigue vite.

Après une heure à essayer tous les stratagèmes de chantage qui ne fonctionnent absolument pas, la fatigue prend bien souvent le dessus.

-Maintenant, si tu ne fais pas caca, je vais devoir t'emmener à l'hôpital ! Et ils vont te donner un médicament qui fait mal…

Je culpabilise déjà… Mais je suis fatiguée à la fin !

-Si tu ne fais pas caca maintenant, je vais te laisser ici, aux toilettes, et je vais aller dormir. Tant pis pour toi si tu es tout seul alors fais caca !

-Si tu ne fais pas caca je vais être obligée de te mettre un tuyau avec de l'eau dans le pet !

Après deux heures de stratagèmes ridicules et infructueux, la lucidité fait son retour et est finalement souvent accompagnée de la solution miracle.

-J'ai une idée ! Je pousse très fort et toi tu pousses très fort en même temps que moi. Le premier qui a fait caca a gagné !

Placez-vous sur la toilette et lui sur le pot. Ne faites quand même pas dans votre culotte. Mais faites-le pour de vrai. Généralement, en transformant ce moment de torture en jeu, l'enfant finit par s'évacuer. Alors après quatre longues heures ininterrompues de martyre, le voir sourire, soulagé et vidé, c'est le meilleur moment de la journée. Ce sentiment d'avoir gagné la guerre contre cette vilaine constipation le rend si fier que j'en ai les larmes aux yeux.

Et c'est ainsi au moins une fois par mois.

Il est minuit quand je glisse Jésus dans son lit. Sur le pas de la porte, je regarde mes enfants dormir. Malgré toutes les difficultés que l'on rencontre en tant que parents, je me demande ce que je ferais sans eux. Probablement que je passerais mes week-ends au bar, en boite de nuit comme mes autres copines. Peut-être qu'à cette heure-ci la soirée ne ferait que commencer alors que là, maintenant, dans la vraie vie d'Ava, elle se termine et j'en suis plus que soulagée.

Je me glisse à mon tour dans mon grand lit et je ferme les yeux. Impossible de m'endormir, j'ai oublié quelque chose. Mais quoi ? Je ressors, vérifie la chambre des petits. Ils ronflent. Je ferme la porte d'entrée à double tours une seconde fois, scrute le salon et la salle-à-manger et vérifie que chaque électroménager de la cuisine soit éteint. Je suis pourtant persuadée d'avoir oublié quelque chose d'important... Si ça n'était pas important, je ne serais pas perturbée comme je le suis pour le moment. Je soupire, me convainc que ce n'est rien et retourne me coucher. Je roule à gauche puis à droite. Cette histoire me stresse. Je rumine pendant une bonne heure et, tout doucement, je commence enfin à sombrer. Et soudain, je m'en rappelle.

Demain : pénitence, horreur, abominable, supplice, fête familiale annuelle chez ma mère.

Oh non... Laissez-moi m'endormir pour l'éternité.

## La punition annuelle

La fête annuelle chez ma mère ou la réunion obligatoire dont je me passerais volontiers. Ma mère l'organise toujours un peu avant l'hiver, juste avant que la neige ne puisse servir d'excuse aux membres de la famille un peu plus éloignés sur le globe. Elle dit qu'on ne se voit pas assez tous ensemble et que c'est l'occasion de tous se retrouver, de découvrir les nouveaux membres et de prendre des nouvelles de ceux qu'on ne côtoie jamais. Bref, une belle bande d'hypocrites qui fait semblant de vous sourire et de rire avec vous et qui n'attend qu'une chose, que la fête se termine et que chacun rentre chez soi. Bien sûr, il y a des exceptions. Exemple : le bon vieil oncle Henry qui attend ce jour avec impatience dans l'espoir d'y découvrir de nouvelles jeunes recrues, plus précisément des jeunes femmes âgées entre 18 et 30 ans aux gros seins et aux fesses bien rebondies sur lesquelles il n'hésite pas à mettre une claque. Vous n'avez jamais le temps de riposter, il disparaît rapidement dans la foule. Ou encore cette pimbêche de tante Rose-Marie qui ne vous aime absolument pas mais qui fait semblant de s'intéresser à vous et vos enfants, histoire d'avoir quelque chose à raconter et, surtout, à transformer auprès de ses vilaines filles, aussi hypocrites que leur mère.

Je démarre sans entrain, vers 11 heures du matin. Mes fils sont bien habillés, moi aussi. Un chemisier couleur crème et un jean slim. Une jolie paire d'escarpins, un haut chignon déstructuré. C'est beau sans en faire trop et ça m'évitera la main aux fesses de l'oncle Henry.

Mon but aujourd'hui : me faire discrète, picorer dans le buffet, discuter avec une ou deux cousines histoire de faire acte de présence et me casser au plus vite. Et surtout, SURTOUT, tenter d'éviter les sempiternelles questions-réflexions-accusations-suppositions des mêle-tout.

Déjà au moins cinq voitures garées dans l'allée de ma mère. Je gare la mienne sur le bord de la route. J'attrape mes deux garçons, impatients de retrouver tous les autres enfants et je sonne à la porte. Cette dernière s'ouvre sur un brouhaha général, musique années 80 en fond.

-Et bien entrez mes amours !

Ma mère nous serre dans ses bras et pince les joues de Jésus, son préféré. Sans blague… Les enfants filent entre les jambes des invités et j'attrape une flûte de Champagne sur un plateau à ma droite. Moi qui voulais me faire discrète, c'est raté.

-Avaaaaa ! Ma chérie, comment vas-tu ? Dis donc, tu n'aurais pas pris un peu de poids, toi ?

Ça commence déjà...

-Bonjour, Rose-Marie.

-Tu nous ferais un petit troisième et tu ne nous aurais rien dit ?

C'est parti, cohue générale. Attroupement tout autour de moi, j'ai envie de m'évanouir.

-Au risque de vous décevoir, non, je ne suis pas enceinte.

-Pourtant, t'es plus toute jeune, maintenant. Faudrait y penser. Un petit Moïse après le Jésus ?

Jeanne, une vieille cousine éloignée s'en mêle.

-35 ans, tout de même... Toujours pas mariée...

J'ai 32 ans, vieille peau...

-Et David, comment il va ?

J'ignore qui a posé la question mais j'ai envie de l'étrangler.

-Oh bien, bien…

-Ne me dis pas que tu as changé de bord ? Ce serait bien malheureux.

-Non, oncle Henry, je ne suis pas lesbienne…

-Ta mère t'a déjà parlé de la ménopause ? Avec le temps, on défraîchit. Faut ramoner sa cheminée, de temps en temps !

Très drôle… Merci du conseil… Hilarité générale. Sauf pour moi.

-Tu vas finir seule ma pauvre ou comme ta mère. Et regarde ce que ça donne !

Ma mère est à la cuisine en train de bénir chacun de ses plats. Elle ne se rend pas compte que tout le monde peut la voir d'ici. Ou bien elle s'en moque totalement. Ma sœur, Erin, vient à ma rescousse.

-Allons, Ava vient d'arriver, laissez-la un peu tranquille.

On s'éloigne et je la remercie. Elle me fait remarquer que si j'étais arrivée un peu plus tôt, je n'aurais pas à affronter les nombreuses piques et questions mal placées. Nous passons le reste de la journée à discuter de tout et de rien, de la constipation persistante de Jésus, de cette vieille peau de Christiane au boulot et de cet Edouard Riboud qui a fait semblant de ne pas me reconnaître.

-Oh le salaud ! Heureusement, tu en as fini avec cette collaboration.

-Pas tout à fait... Et crois-moi, je ne suis franchement pas enchantée de devoir garder un contact professionnel avec lui.

Un peu avant 18 heures, je décide qu'il est temps pour nous de décamper. Erin loge chez ma mère cette nuit afin de l'aider à tout nettoyer après le départ des invités. J'attrape mes deux garçons et nous filons jusqu'à ma voiture sans avoir dit au revoir à qui que ce soit sauf à ma mère.

## La croquette

Sur le chemin pour la maison, j'entends mes enfants se chamailler sans les écouter. Ce genre de journée m'épuise mentalement, je suis incapable de me concentrer sur quoi que ce soit. Pas même sur la route si bien que je prends deux sens interdits et brûle un feu orange. Les garçons se frappent derrière et je suis obligée de crier.

-Mais je veux quand même un chat !

-Mais maman veut pas de chat !

-Mais moi je veux !

-Oh, les gars ! Maman conduit alors je ne veux plus rien entendre jusqu'à la maison, c'est clair ?

-Mais maman, Augus…

-Je ne veux plus rien entendre, j'ai dit !

Le reste du trajet se fait dans un calme olympien et je respire enfin. Vingt minutes plus tard je gare ma petite cacahuète devant mon garage et je sors mes enfants qui ont repris leur petite bagarre.

-Mais elle voudra pas !

-Voudra pas quoi ? Les garçons vous vous calmez sinon ce soir c'est au lit sans dessert.

-Mais Augus y veut un chat...

-J'ai déjà dit que nous n'aurons pas de chat. Maman est allergique.

-Mais Augus il a...

-Auguste a quoi ?

Cette fois encore, je m'énerve. Généralement je les laisse se dépêtrer de leurs histoires. Mais je les entends depuis une heure et ça m'agace fortement.

-Augus a une coquette de chat coincée !

-Une croquette de chat coincée où ?

-Dans son nez !

Je me retourne vers Auguste qui pleure désormais à chaudes larmes.

-Mais qu'est-ce qu'une croquette de chat fout dans ton nez ?

-Ben… Je… Je voulais reprendre le chat qui était chez mamie… Alors j'ai fait comme lui quand il mange ses croquettes pour essayer de le faire venir mais… mais… j'ai respiré trop fort et y a une croquette qui est rentrée dans mon nez…

-Allez, arrête de pleurer sinon elle va monter encore plus haut. C'est bon, on file aux urgences.

Une demi-heure plus tard nous voilà tous les trois assis dans la salle d'attente des urgences. Si on m'avait dit que ma journée se terminerait comme ça, je crois que je ne serais même pas sortie de mon lit ce matin. Se retrouver aux urgences un samedi soir, c'est ne pas savoir quand on en ressort. Pour ne pas rester le ventre vide et avant que les plaintes de petits ventres ne crient famine, je fouille après de la monnaie dans le fond de mon sac et me dirige vers le distributeur. Pas grand-chose de très nourrissant. Quelques paquets de chips, une tablette de chocolat à la noisette et deux gaufres au sucre. Je choisis ces dernières ainsi que le chocolat pour moi. J'intercepte mes petits colis lorsque les pleurs d'une femme sur la gauche m'interpellent. Mon âme de Mère Thérèsa m'ordonne de lui adresser un sourire et une parole réconfortante lorsque cette femme se retourne et s'arrête net de pleurer en me découvrant. Christiane. Du boulot. Il fallait encore que ça me tombe dessus.

-Bonsoir, Christiane. Quelque chose ne va pas ?

Elle ne prend même pas la peine de me répondre et file à l'autre bout de la pièce. Tant pis, j'aurais été gentille, au moins. Je lance les gaufres à mes fils et je grignote mon chocolat à la noisette. Christiane réapparait dans la pièce et s'assied sur les sièges en face des nôtres, le visage dans les mains. Même si l'envie de comprendre ce qu'elle a me titille, je décide de ne pas bouger. Je trouve le temps long, comme d'habitude lorsqu'on atterrit aux urgences. Pourquoi appeler ça « urgences » si c'est pour attendre trois heures ? Les garçons sont étonnamment calmes, il vaut peut-être mieux prendre exemple. Un médecin se dirige vers Christiane qui le regarde tristement. Je ne l'avais jamais vue dans cet état. Elle semble anéantie, désespérée. Elle qui s'est toujours montrée méchante et fière. Je me rends compte qu'elle me fait presque de la peine. Le médecin s'en va et Christiane pleure soudain bruyamment.

-Restez bien sages, je reviens.

Je m'approche sans un bruit de ma collègue et m'installe à côté d'elle. Je prends sa main gauche au creux des miennes et elle se laisse faire. Puis, entre deux sanglots, elle finit par lâcher le morceau.

-Je devais passer une soirée merveilleuse avec mon fils… Mais il s'est blessé et…

La pause qu'elle marque est si longue que je me demande si elle va reprendre sa phrase.

-Et il ne peut pas se blesser…

-Pourquoi il ne peut pas se blesser ?

-Il a un cancer… En attendant le donneur de moelle, il a eu l'autorisation de sortie hier. J'ai astiqué toute la maison, j'ai caché tout ce qui était coupant, jeté tout ce qui était cassé et susceptible de le blesser ou même de l'érafler… Mon fils… Mon bébé a un cancer et même la maison peut me le tuer…

-Il s'est blessé à la maison ?

-Il s'est bêtement coupé avec l'abat-jour de sa lampe de chevet… La moindre infection peut le tuer… Il n'a que 17 ans, tu te rends compte ?

Je lui souris tristement. Que dire à une maman qui risque de perdre son enfant à tout moment ? Je pense qu'aucune mère ne voudrait cette place totalement injuste et dégueulasse. Finalement, je ne m'en sors pas trop mal avec Auguste et sa croquette de chat…

C'est au tour de mon fils d'être pris en charge et je quitte Christiane en lui souhaitant tout le courage du monde. Du courage… Qu'est-ce qu'elle peut bien s'en foutre, elle, du courage alors qu'elle perd doucement son gamin… Mais c'est le seul et unique mot qui me vient à l'esprit dans ce genre de situations. Que dire devant l'impensable ? De toute façon, aucun mot ne soulagera sa peine. Alors, peut-être vaut-il mieux ce petit mot de rien du tout qui peut faire tout... Je pense alors à ma mère et son Seigneur. S'il y a vraiment un Dieu, ici, qu'est-ce qu'il attend pour sauver tous ces petits malades ?

Nous restons trois minutes top chrono dans la petite salle de consultation. Le beau docteur Delahaut a extirpé en dix secondes la croquette du nez de mon fils. Dix secondes pour contempler ses bras musclés sous sa blouse blanche, pour admirer sa mâchoire carrée se contracter lorsqu'il se concentrait. Dix secondes pour remettre en question ma déception des hommes. Non, Ava, reprends-toi. Ils cachent tous un vice, ne l'oublie pas. Mon fils descend du fauteuil en cuir recouvert de papier et tape fort dans la main gantée du docteur.

-Bravo mon grand, t'es un champion !

Je remercie la sculpture vivante et j'attrape mes fils. Les émotions, c'est fini pour aujourd'hui. Je suis exténuée. Sur le chemin du retour, je m'arrête à un McDonald faire le plein de malbouffe et nous rentrons manger à la maison. Je repense à Christiane et son fils malade. Elle n'en avait jamais parlé au boulot, je ne savais même pas qu'elle avait un fils.

Peut-être a-t-elle plusieurs enfants. Sera-t-elle différente avec moi lundi ? Maintenant que je suis au courant que sous sa carapace féroce se cache un cœur de maman meurtri, mais un cœur tout de même.

## À petites doses

Ce lundi matin au bureau, je suis surprise de voir Ginette, de la cafet', seule à boire son breuvage fumant. Je salue les quelques collègues que je croise et passe devant l'office de Christiane vide. C'est étrange cette sensation. C'est presque comme si elle me manquait. *Allons, arrête tes conneries, elle a toujours été méchante avec toi. C'est ta pitié qui parle. Non, c'est faux, c'est mon empathie. Va donc t'asseoir derrière ton vieil ordi et termine cette journée au plus vite.*

Je m'installe à mon bureau, vérifie ma boite vocale ainsi que ma messagerie électronique. Rien. Personne ne m'aime. J'entreprends de lancer une partie de Démineur lorsque le téléphone se met à sonner. Il est 8h48. Jamais assez tôt pour les enquiquineuses.

-Tu ne devineras jamais ce qu'il a fait cette fois-ci !

Et c'est parti. Là j'ai en tête la chanson de Nadiya. Mais si ! Celle qui a sorti deux ou trois singles en 2000, qui s'est payé quelques vacances avec l'argent récolté et dont on n'a plus jamais entendu parler. *Et c'est parti pour le show, et c'est parti tout le monde est chaud ! Hein, hein, ouais ! Everybody !*

-Et bien figure-toi que depuis la nuit de noce quelque chose a changé.

-Ah oui ? Oh lala…

-Oui. On ne baise plus.

-Ah merde… Comme quoi hein le mariage…

-Oui, et attends ! Ce n'est pas tout. Hier soir, alors que je montais me coucher, je me suis rendu compte que j'avais oublié de me brosser les dents.

-Ah oui ? Oh lala…

-Oui et donc je suis descendue au rez-de-chaussée. Tu sais, la salle de bains à l'étage est encore en travaux donc on est obligé de redescendre à chaque fois. Et là, tu ne devineras jamais ce que j'ai vu ! Thibault était sous la douche en train de se tripoter la bite !

-Oh beurk…

-Oui et je suis sous le même toit quoi, merde ! Je suis là moi. Pourquoi il ne me fait pas l'amour à moi ?

Oh mon Dieu, comme dirait ma mère. Qu'est-ce que je suis heureuse d'être célibataire. L'image répugnante que je me fais de cet imbécile sous sa douche me dégoûte. J'essaye de la chasser de mon esprit et tente tant bien que mal de rassurer mon amie. La discussion se termine vers 9h30 et j'en suis soulagée. Ma semaine commence toujours de la même manière. Virginie me sonne aussitôt installée sur ma chaise, comme si elle savait exactement quand j'entrais dans mon bureau et que j'étais apte à l'écouter. Par prudence je vérifie tout de même de ne pas avoir de caméra allumée sur mon écran ainsi que sur mon téléphone. Et chaque semaine, c'est le même cinéma. Au fond, je me demande pourquoi je lui réponds encore. Virginie je l'aime bien. Enfin, je l'adorais, à l'époque. On traînait tout le temps ensemble et lorsqu'on ne se voyait pas plus d'une journée, on passait des heures au téléphone. Je pense que c'est simplement devenu une habitude. J'ai rencontré David et elle un autre type. J'ai eu mes enfants et elle un autre type. Nos vies ont pris des chemins différents et pourtant ce rituel est resté. Elle a d'autres copines que moi, je le sais. Mais je pense être la seule qui puisse tout écouter. Moi, par contre, je dois bien avouer que je n'ai pas grand monde dans ma vie sociale. Ma mère et ses discours évangéliques que j'évite un maximum, ma sœur et sa manie de croire tout savoir et enfin Virginie et sa vie bien trop remplie et bien trop chiante. Heureusement que j'ai mes deux petits hommes sans qui la vie serait sans doute bien trop morne. Alors Virginie, je l'aime beaucoup, mais à petites doses.

Je passe le reste de ma matinée à prendre des nouvelles d'anciens clients, à répondre aux mails de potentiels clients et à surfer sur le net. Je tombe soudainement sur le site d'une agence de voyage. Qu'est-ce que je fais là-dessus ? Des vacances ? Jamais de la vie ! Moitié prix ? Pourquoi pas ? Depuis quand je n'ai pas pris des vacances, quelques jours de repos au soleil ou à la montagne ? Je crois que la dernière fois c'était avec David. Sans les enfants. Merde, je les avais presque oublié ces deux-là… Comment imaginer partir en vacances seule avec des gosses ? Je m'apprête à quitter le site de l'agence quand une offre alléchante vient se poser juste sous mon nez.

« Chamonix : vacances familiales à la montagne
Franco-Suisse »

Moins 50% si je pars juste avant les vacances de Noël. Je parcours attentivement l'annonce tout en réfléchissant à mes jours de congé restants. Dix jours. Je pourrais donc partir une semaine. L'annonceur propose un petit hôtel en pleine montagne enneigée (photo à l'appui) à l'intérieur rustique mais charmant. Je peux réserver une chambre pour moins de 45 euros la nuitée. Les enfants dormiront avec moi, en espérant que le lit soit assez large. Il y a une salle de séjour commune très conviviale avec feu de bois ouvert, tapis en peau d'Ours (fausse fourrure j'espère !), table de billard et coin « arts » pour les enfants. La cuisine du petit hôtel est ouverte aux clients 24 heures sur 24. Parfait ! Je réserve pour la période du 12 au 22 novembre. Partir, s'évader, changer d'air. J'en rêvais depuis longtemps. Une semaine en hiver à la montagne. Je suis impatiente. Mais j'en connais un qui ne sera pas content là au-dessus...

-Comment ? Ava, vous vous foutez de moi, j'espère. C'est une période importante pour la boîte.

-En théorie, la période la plus importante est la première semaine de décembre.

Il grommelle un truc que je ne comprends pas puis finit par céder.

-Ok... Mais quand vous reviendrez, je veux vous voir au taquet.

Et si je ne revenais pas ? Si je me trouve un travail de chevrière en Suisse ?

Moi, jalouse ? N'importe quoi.

Nous sommes la veille du départ pour la frontière Suisse. Les valises sont étonnamment préparées depuis deux jours. Oui, car ça ne me ressemble pas de faire les choses à l'avance. Je suis plutôt du genre à tout faire à la dernière minute en gueulant sur tout le monde et en courant dans tous les sens. Mais là, elles sont faites. Il ne manque que les affaires de dernière minute. Ces deux dernières semaines au boulot m'ont parues atrocement longues et ennuyeuses. Je songe de plus en plus à quitter ce travail qui ne m'a finalement jamais plu. Je vais avoir une semaine pour réfléchir posément à mon avenir.

J'ai décidé de partir en voiture. Avec deux arrêts « pipi », je compte en moyenne huit heures de route. Nous quitterons la maison vers 4 heures du matin. Ainsi les petits continueront de dormir dans la voiture et nous arriverons dans les montagnes aux alentours de midi.

Avant de me coucher, je fais un petit tour rapide sur les réseaux sociaux. Hors de question de penser à internet là-bas. Facebook, Twitter et Instagram resteront ici. Et en parlant de ce dernier… Qu'est-ce que c'est que ça ? Un certain Edouard s'est abonné à mon compte. Oh mais c'est pas vrai ! C'est le restaurateur. Il n'est pas culotté de mélanger vie privée et professionnelle. Il n'est quand même pas si mal… J'hésite à le « suivre » en retour. Non, n'y pense même pas, vieille folle. Je parcours son compte Instagram par curiosité. Il semble aventurier en plus de son travail au restaurant. Des photos de montagnes, de lacs, de forêts ou encore à la plage. Une photo de lui torse nu… Je referme mon téléphone et le range sur le côté. Cette nuit je rêve de Riboud et de ses abdos.

Quatre heures du matin. Je glisse Auguste, Jésus et les doudous à l'arrière de la voiture. Les valises sont dans le coffre. J'espère n'avoir rien oublié. Des vêtements suffisamment épais et chauds, des chaussures de randonnée, les couvertures fétiches de Jésus, la console d'Auguste, les médicaments,… Vaille que vaille, j'ai le principal. Je quitte doucement la rue encore endormie. J'avoue que j'aurais bien dormi quelques heures de plus mais je ne voulais pas perdre une journée.

Sur le chemin pour Chamonix, je repense à Edouard Riboud et les hommes en général. J'ai 32 ans et je suis célibataire. Ça me convenait parfaitement jusqu'à ce que cet Edouard vienne titiller ma curiosité. L'idée d'en faire une histoire d'un soir me plaît bien. Encore faut-il que je lui plaise. Mais si je ne lui plaisais pas, pourquoi m'a-t-il ajoutée à ses réseaux sociaux ? Je me fais encore des plans sur la comète. Il est peut-être juste curieux. Ou vicieux. Ou psychopathe harceleur. Sous ses airs de « je suis sûr de moi, mate mes abdos et ma gueule d'ange » se cache un caractère invivable, j'en suis certaine. Il ne faut pas oublier le jour du mariage de Virginie. Ce que j'ai appris avec les clients c'est qu'on ne fait qu'une fois bonne impression. Et je dois bien avouer que l'opinion que je m'étais faite de lui n'était pas flatteuse. Râler pour une voiture mal garée, me reprocher l'absence de clients. Laisse tomber, Ava, c'est un casse-pied comme tous les autres. Est-ce que je resterai seule toute ma vie ? Est-ce que j'arriverai à supporter cette solitude qui commence tout doucement à me peser ? J'aime bien prétendre que je suis une vieille bobonne mais, en théorie, 32 ans c'est encore jeune. J'aime aussi mes plans d'un soir mais, qu'on se le dise franchement, regarder son partenaire se casser comme un voleur après l'amour et lancer un « on se capte plus tard, ok ? » et ne jamais le revoir, c'est pas très glamour et ça casse tout.

Comme prévu, j'arrive à destination huit heures plus tard. Les enfants sont réveillés et impatients de découvrir leur nouvelle maison d'une semaine. Le chalet me paraît bien plus grand que sur la photo, entouré de son immense forêt et de ses sommets de montagnes enneigés. Une véritable carte postale.

Auguste repère rapidement un grand aquarium à la réception et Jésus le suit. J'en profite pour finaliser ma réservation auprès de la gentille réceptionniste. Mais alors que je ramasse mes valises et me redresse, la porte d'entrée s'ouvre sur un visage qui ne m'est pas inconnu. Edouard Riboud en compagnie d'une jeune femme blonde. Merde ! Il faut que je réagisse mais je perds mes moyens. Je saute alors derrière une grosse plante, me prends une branche dans les dents et une autre dans l'œil et je ne bouge plus. Il fallait qu'il vienne ici, comme par hasard. Peut-être m'a-t-il géolocalisée sur mon smartphone via les réseaux sociaux. Mais dans quel but ? De plus, il est accompagné. D'ailleurs, c'est qui celle-là ? Il ne m'avait pas dit qu'il était en couple. Mais pourquoi me l'aurait-il dit ? Bizarrement, je sens une pointe de jalousie monter en moi. D'où elle sort cette jalousie à la con ? Mal placée et totalement ridicule, en plus. Riboud et moi c'est professionnel, rien de plus. Oui, j'ai rêvé de lui cette nuit. Oui, j'ai envisagé de coucher avec lui. Et, oui, j'aurais peut-être fait l'erreur de baisser ma garde. Mais, après tout, il a sa vie, le gars. Il fait ce qu'il veut. Allez, Ava, reprends-toi, tu es pathétique.

Au loin, je vois mes garçons arpenter tranquillement les environs. Ils sont probablement en train de me chercher mais je ne peux pas encore sortir de ma cachette. Riboud et la blonde rigolent avec la réceptionniste lorsque cette dernière leur tend les clés. Qu'y a-t-il de si drôle avec ces clés ? Vous n'avez jamais vu de clés ou quoi ? Je souffle un bon coup puis me ressaisis. Je suis venue ici dans le but de me détendre et ce n'est pas ce restaurateur sexy et arrogant qui va chambouler mes plans. Une fois qu'ils m'ont dépassée, je sors tant bien que mal de ma cachette sous l'œil incrédule de la réceptionniste. Je lui souris bêtement et attrape mes jeunes.

Notre chambre est relativement petite mais fonctionnelle. Un grand lit au centre avec de toutes petites lampes sur les côtés, une commode trois tiroirs en acajou et un écran plat juste au-dessus. La petite salle de douche attenante est très minimaliste mais ça fera l'affaire. Après tout, pour 45 euros la nuit, je ne pouvais pas exiger le grand luxe. La seule fenêtre de la pièce couvre tout le mur du fond. Lorsque je relève le store, j'ai le souffle coupé. Même les enfants poussent un soupir d'admiration. La vue imprenable sur les montagnes remettrait facilement en question mon choix d'acheter une maison en pleine ville. Je ne pense pas que l'on puisse se lasser d'une telle vision.

Je n'ai pas vraiment de programme pour la journée alors nous décidons d'arpenter le petit village en contrebas, munis d'une carte comme à l'ancienne. Les enfants semblent apprécier l'endroit et ne se plaignent pas une seule fois de la marche. Ils roulent dans la neige, on se bagarre en se lançant des boules de poudreuse, on tombe, on rit, on s'amuse et ça me fait du bien. Ces moments sont si précieux et je les immortalise avec mon appareil dernier cri. En rentrant chez nous dans une semaine, je me mettrai dans ma bulle avec mon vin et mes bougies et je collerai mes photos dans un album spécialement dédié à notre séjour. Je suis une fan inconditionnelle des albums photos. J'en ai pour toutes les occasions. Les naissances et les anniversaires bien sûr, mais aussi l'enterrement de mon oncle Tom qu'il voulait festif, la bar mitsva de la cousine d'un ancien voisin que je connaissais à peine, ma rencontre avec le roi Albert de Belgique, l'invasion d'extraterrestres dans le champs de ma mère ( si ! ces lumières étaient suspectes...), une bosse grossissant à vue d'œil dans le dos de David – cet album contient tout de même six pages -, des albums de couchers de soleil, de rosées de matins, de nuits étoilées et j'en passe.

En rentrant de notre petite escapade, les enfants sont épuisés et Jésus tombe bien vite endormi dans notre grand lit tandis que son frère est concentré sur sa tablette. J'en profite pour parcourir mes mails et les activités proposées aux alentours et j'atterris presque instantanément sur la page Facebook de Riboud. *Nom d'un chien ! Je m'étais juré de ne pas ouvrir les réseaux sociaux.* Je parcours vite fait son profil mais mes recherches sont maigres ; son compte Facebook est privé. Sur ce résultat étrangement décevant, je m'extirpe délicatement des bras de mes enfants désormais profondément endormis et m'éclipse de la chambre dans l'espoir de trouver sans peine le frigo du chalet. D'après les photos du site, la cuisine se trouve au sous-sol, il me suffit de prendre un petit escalier à gauche à la fin du couloir. Heureusement, tout est indiqué. Je ne peux pas me perdre. La cuisine est immense et impersonnelle et ressemble beaucoup aux cuisines gris métallisé des cantines scolaires ou cliniques. Cependant, le réfrigérateur, tout aussi laid, est rempli et c'est le plus important. Je découvre donc avec plaisir une trentaine de tartelettes aux fraises et à la framboise, du tiramisu au spéculoos, de la gelée de noix de coco (improbable mais délicieux) et des centaines de repas complets « fait maison ». Moi qui ne souhaitais qu'un Coca, je commence tout doucement à avoir faim. J'attrape un plateau sur le buffet central et commence à le remplir de desserts lorsque la porte de la cuisine s'ouvre. Une femme rit aux éclats et se dirige vers moi. La voix d'un homme se fait ensuite entendre et je reconnais

Edouard Riboud. Merde ! Le plus simple serait de sortir du frigo et de le saluer poliment, faire comme si j'étais surprise de le retrouver ici, me présenter à sa compagne et me casser illico presto dans ma chambre. Oui, ce serait le plus simple. Mais comme vous l'avez certainement compris depuis un moment, je suis une véritable andouille maladroite quand la situation m'échappe. Et cette situation m'échappe. Je ne veux pas qu'ils me repèrent alors je referme délicatement le réfrigérateur et me cache sous le plan de travail.

-Le buffet, ça te tente ? lance la fille à Edouard.

-Tu es décidément pleine de surprises...

Je comprends aux bruits dégoutants de baisers langoureux que le buffet en question ne va pas servir à remplir leur ventre mais aura un tout autre rôle. Que dois-je faire ? C'est le moment ou jamais de sortir, saluer les deux cochons et m'enfuir au courant. Je ne veux certainement pas assister à cette scène. Tandis que la blonde commence ses bruitages de film porno un peu trop exagérés, je me faufile à quatre pattes entre les meubles, tâchant de ne pas renverser mon plateau de desserts. Manquerait plus que tout s'écroule, que je me fasse remarquer au mauvais moment et que je quitte la pièce le ventre vide. En tout cas, une chose est sûre ; je ne me servirai plus au buffet tant que celui-ci n'aura pas été nettoyé et désinfecté une bonne fois. Beurk.

## Les vieilles peaux

Les jours suivants se passent sans embûches. Auguste et Jésus s'amusent comme des fous et je fais de mon mieux pour ne pas penser à ce pervers d'Edouard et sa blondinette. D'ailleurs, je ne les ai plus vus une seule fois. Tant mieux car j'ai décidé de rester ferme et de camper sur mes positions de départ. Les hommes c'est terminé pour moi. Je vais m'en tenir aux amitiés. Féminines. Ce qui me fait penser que cela fait une semaine que je n'ai pas eu de nouvelles de Virginie et j'en suis vraiment soulagée. Une fois retournée au bureau, la routine reprendra sa place et ses appels intempestifs avec alors je décide de lâcher prise durant ces deux derniers jours qu'il me reste à la montagne.

Ce midi, j'ai inscrit les enfants au snowboard junior tandis que moi je siroterai un bon petit chocolat chaud aromatisé au cognac sur la petite terrasse extérieure. Ensuite, nous nous promènerons au village, dégusterons une bonne choucroute et finirons notre soirée au chalet, au coin du feu avec un bon livre et au coin artistique pour mes petits.

Un peu plus tard dans l'après-midi, nous traversons une petite place de boutiques de vêtements de luxe et je décide d'en visiter une uniquement pour le plaisir de mes yeux. Jamais je ne me permettrais d'entrer dans ce genre de magasins par chez moi, mais ici, personne ne connait l'état de mon compte en banque.

Comme j'avais pu le constater dans Pretty Woman, tout le monde vous regarde de haut ici. Aussi bien les vendeuses que les vieilles bourgeoises un peu trop astiquées à mon goût. Toutefois, je serre les dents et arpente les quelques rayons avec mes enfants en évitant de prêter attention aux regards réprobateurs. Perdue dans le rayon chaussures et choquée du prix d'une simple bottine que je scrute sous tous les angles pour m'assurer qu'elle ne soit pas assortie de diamants, je suis soudainement prise de panique.

-Auguste, où est ton frère ?

-Maman, tu as cru que j'étais une baby-sitter ?

Je ne prête pas attention à la remarque de mon sale gosse de sept ans et je me précipite au milieu de la boutique. De là, j'ai un œil sur chaque rayon. J'observe attentivement autour de moi jusqu'à ce que je remarque une petite touffe brune courir vers le rayon fourrures. Je souris à la caissière qui me fusille du regard et file dans le fond du magasin.

-Jésus, bon sang ! Qu'est-ce que tu fabriques ? Maman a eu très peur...

-Je voulais juste faire des doudouces aux poils...

Effectivement, je suis obligée de constater la douceur des longs manteaux en poils de pauvres petits phoques.

-Maman, couche-toi dedans, me lance Auguste, totalement enfoui dans les fourrures.

*Bon, on ne vit qu'une fois.* Je scrute les alentours et m'enfonce dans les vêtements. Je pourrais rester là des heures tellement la sensation est agréable (si on en oublie l'état vivant de ces longues vestes). Deux vieilles dames s'approchent du rayon et je chuchote aux enfants de ne pas faire de bruit. Cependant, j'entends Jésus éternuer et j'étouffe un fou rire.

-Vois-tu, Liliane, ces vestes viennent tout droit du Japon et si tu touches celle-ci...

Et c'est à cet instant précis qu'on entre en scène.

-WAAAAAAAAH !

Les deux vieilles hurlent de peur tandis que nous courons comme des fous, morts de rire jusqu'au rayon pantalons. Nous réitérons notre petite mise en scène et je ris tellement que mes sphincters urinaires me lâchent.

## Retour à l'instinct sauvage

Après avoir été mis à la porte de la boutique sous menace d'appeler la police, nous décidons de rentrer au chaud. Après la douche, nous descendons au rez-de-chaussée où les enfants se ruent vers leur coin. Moi j'en profite pour me prélasser sur un transat en osier, au coin du feu, face aux forêts voisines.

-Extra, n'est-ce pas ? J'aime la montagne mais personnellement je préfère l'océan.

Je manque de crier au moment j'entends sa voix derrière moi.

-Edouard Riboud. Vous vous souvenez de moi ? Le restaurateur de Monflanquin.

Merde, merde, merde et remerde ! Je ne peux plus me défiler maintenant. Qu'est-ce qu'il est canon ce sale type...

-Oh, mais oui !

Je feins la surprise de le découvrir et il m'explique qu'il est venu se reposer quelques jours dans l'air frais et revigorant de la montagne. Son « amie » étant partie la veille, il pouvait enfin se reposer tranquillement. Son amie, mon cul, oui. Enfin non, le sien…

-J'ignorais que vous étiez une aventurière, mademoiselle Denis.

Mademoiselle ? Il me prend pour qui ? J'ai 32 ans, pas 15.

-Je vous en prie, appelez-moi Ava.

Hein ? Quoi ? Pourquoi j'ai dit ça ? Ça ne va pas bien dans ma tête ou quoi ? Mais qu'est-ce qu'il me prend ?

-Alors, Ava, vous passez un agréable séjour ? me demande-t-il en me caressant le visage.

Ah, non, ses mains sont toujours dans ses poches. Quel esprit tordu ! Ce ne sont que mes joues en feu, imbécile.

-Parfait. Nous repartons dans moins de deux jours, déjà.

-Déjà ? Quelle tristesse, je n'aurais pas eu l'occasion de vous montrer les endroits secrets de la montagne.

Est-il vraiment triste que je m'en aille ou est-ce uniquement de la politesse ? Et puis d'abord, c'est quoi ses endroits secrets ? Sa chambre ? Son lit ? Sa douche ? Oh, ça y est, je me vois venir. Attention, ce passage est interdit aux moins de 16 ans. Est-ce un message subliminal ou bien la montagne regorge-t-elle de recoins réellement secrets ? Serait-il en train de me draguer ou mon esprit voudrait qu'il soit en train de me draguer ?

-L'endroit me plaît beaucoup, peut-être aurons-nous l'occasion de nous y croiser une prochaine fois.

Et bam ! Tiens, petit pervers sexy, prends-toi ça dans les dents. Je suis soudain fière de moi et de mon éducation. Sa mâchoire se desserre et laisse apparaître un large sourire aux dents parfaites. Mon calme apparent est sur le point de faillir mais je tiens bon pour ne pas sauter dans une plante et me cacher ou ne pas lui sauter dessus tout court.

-J'en serais ravi. Vous avez une bien jolie petite famille, en tout cas, me dit-il en désignant mes enfants attelés à un coloriage.

Ah oui, mes fils… J'avais presque oublié que j'étais une mère et non un animal sauvage à l'instinct primitif en pleine ébullition. Edouard Riboud me salue et me quitte pour aller dormir. Je me sens soudainement toute guillerette et pitoyable.

## Rouge tomate

Le retour à la vie normale s'est fait automatiquement le pied et les bagages posés dans mon appartement. Sans soucis, sans entrain. Je soupire et m'installe sur le canapé tandis que Jésus et Auguste jouent dans leur chambre avec les quelques babioles que nous avons emportées de la boutique souvenirs de Chamonix. Ce soir, alors que les enfants dormiront, je m'installerai à même le sol, éparpillant mes multiples photos dans le salon, mon verre de vin blanc et mes bougies en accompagnement et je soufflerai une dernière fois avant la reprise du boulot demain. Je regrette vraiment de ne pas avoir de photos de notre escapade en boutique de luxe…

Le lendemain matin, je suis surprise de retrouver Christiane derrière son bureau. Je m'apprête à la saluer chaleureusement mais elle se retourne et m'ignore complètement. Qu'avais-je donc espéré ? On a toujours fonctionné ainsi, pourquoi changer une équipe qui gagne ? Comme d'habitude une fois les fesses posées sur ma chaise à roulettes, mon téléphone sonne.

-Un chien tout gentil, tout mignon, ça ne te dit pas ?

-Virginie, tu sais très bien que je suis allergique aux poils d'animaux. Puis un chien en appartement c'est une galère. Pourquoi ? Tu te débarrasses du tien ?

-Oui, finit-elle par lâcher en soupirant. Thibault et moi, on divorce.

-Hein ? Mais c'est fabuleux ! Enfin, je veux dire fort foireux !

-Oui, comme tu dis. Mais je crains que nous n'ayons pas d'autre choix. Il ne me rend pas heureuse et ne fait aucun effort pour s'améliorer.

Quelle merveilleuse nouvelle ! En excellente amie que je suis, j'espère seulement qu'elle ne va pas venir squatter chez moi le temps de rencontrer quelqu'un d'autre. Il n'y a plus de place.

-J'aurais un petit service à te demander, Ava...

-Crrrrsh... Crrrsh... Quoi ? Je ne t'entends crrrrsh...

Et je raccroche.

Je sais bien ce que vous vous dites, je suis une vilaine femme, une mauvaise amie, une fille sans cœur. Au bout d'un moment, il faut savoir dire non avant de se faire définitivement manger. Virginie est bien gentille mais elle est impossible à vivre. Il y a environ huit ans, alors que j'étais enceinte d'Auguste, Virginie se séparait de son amant du moment. N'ayant plus de toit et ne voulant pas inquiéter son père, elle m'avait demandé de l'héberger quelques semaines le temps de se trouver un autre logement au loyer moins cher. J'avais, bien évidemment, accepté et ces fameuses « quelques semaines » avaient duré trois longs mois. Virginie est maniaque, je suis bordélique. Virginie suit un régime alimentaire différent chaque semaine en fonction de la « mode », je bouffe un peu n'importe quoi, un peu n'importe quand en fonction de mon emploi du temps. Virginie referme toutes les portes, je les laisse toutes ouvertes comme dans une église. Virginie n'utilise que des produits bio, j'attrape tout ce qui sent bon dans les supermarchés peu importe les crasses ajoutées. Virginie a un agenda pour le moindre rendez-vous, je me rase pour mon rendez-vous du 22 chez le gynécologue alors que finalement c'était le 18. Bref, nous n'étions pas compatibles et ne le sommes certainement toujours pas à l'heure actuelle.

Un peu plus tard dans la journée, la patron m'appelle dans son bureau. Je dois faire le bilan des nouveaux changements apportés au restaurant d'Edouard Riboud.

-Vous ne préférez pas envoyer Etienne à ma place ?

-Il y a un problème avec Riboud ?

-Non, non…

-Alors pas de discussion. Vous avez décidé de prendre une semaine de congés en ne me prévenant qu'à la dernière minute et moi je vous ai prévenue bien à l'avance qu'il vous faudrait redoubler d'efforts à votre retour.

-Très bien. Je vous promets de faire un excellent travail avec ce restaurant.

Et je retourne à mon bureau, rouge de colère et de honte. Pourquoi n'ai-je donc pas cherché un job à la montagne ?

Vers 14 heures, j'arrive devant le bel établissement gastronomique. Mes mains sont moites et j'ai la nuque mouillée. Tant que ce n'est que la nuque… L'idée de revoir cet homme me stresse et m'émoustille mais il suffit que je repense à sa blonde pour redescendre sur terre. Je sors de la voiture, ajuste ma mèche de cheveux et ma jupe et, lorsque je me retourne, je l'aperçois qui m'observe depuis le trottoir d'en-face.

-Je vous assure que vous êtes suffisamment ravissante, Ava.

Génial, je suis rouge tomate, il est champion pour mettre les gens mal à l'aise. Je réponds à son compliment par un léger sourire genre « ha ha… oui merci je le sais ! » et nous entrons côte à côte dans la salle principale. Le parquet ancien et la décoration industrielle noir foncé donnent un aspect très moderne au restaurant. Je prends quelques clichés tandis qu'il me raconte les améliorations apportées ces dernières semaines.

-Venez, je vais vous montrer notre chambre froide. Les employés ne reviennent que dans une bonne heure, vous pourrez donc visiter à votre aise. N'hésitez pas à mentionner dans votre article le passage des agents sanitaires plus que ravis de notre agencement.

Je prends note bien que ça coule de source et nous nous dirigeons vers l'arrière-cuisine. Il me fait entrer dans son frigo géant où je constate que tout est soigneusement rangé et étiqueté. Pas de mauvaises odeurs, de bouts de viandes par-ci, par-là, pas de déchets plastiques qui traînent. Je suis satisfaite de ce que je vois et prends quelques clichés de la chambre froide. Je choisirai le meilleur une fois rentrée au bureau.

Mais lorsque je tente d'ouvrir la porte pour ressortir, celle-ci semble scellée. *Non, pas ça, je vous en prie !* Je m'acharne sur la poignée et Riboud me vient en aide.

-Elle est difficile. Laissez, je vais ouvrir.

Mais l'acier est plus fort que l'homme et la porte ne cède pas.

-Pas de panique, je vais appeler mon employé de cuisine… Mais il semblerait que nous n'ayons pas de réseau ici…

Je m'empresse de vérifier sur mon smartphone. Merde ! Nous sommes coincés ici. Tous les deux. Dans un film, ça pourrait le faire. Les deux protagonistes s'embrasseraient pour se réconforter et finiraient par faire l'amour sur la veste de monsieur pour se réchauffer. Sauf que nous ne sommes pas dans un film et que je ne me suis pas rasé l'entrejambe.

-Combien de temps allons-nous rester bloqués ici ?

-Et bien, comme je vous l'ai dit, les employés reviennent d'ici une heure alors nous allons devoir patienter.

-Une heure… Nous allons finir en glaçons !

-Ava, ne vous en faites pas, nous allons nous réchauffer mutuellement.

Mon cœur bondit hors de ma poitrine, mes fesses hors de ma culotte. Qu'allons-nous bien pouvoir faire pour nous réchauffer mutuellement ? Des câlins ? Dans ses bras musclés, je me laisserais bien aller. Sentir l'odeur de son cou, de son torse. Caresser ses mains gelées ou bien les emmitoufler dans mon chemisier. J'ai une soudaine envie de cet homme que je connais à peine et je me dis que, peut-être, il pense la même chose que moi. Il me regarde en souriant et s'approche de moi un peu plus. J'ai le souffle coupé. Malgré le froid, je transpire. J'ai envie qu'il m'attrape, là, tout de suite. Qu'il m'envoie au septième ciel sur les casiers de nourriture. Qu'il me prenne, qu'il me…

-Mademoiselle Denis ?

-Mh ?

-Attrapez ses gants. Je n'en ai qu'une paire, on se les refilera chacun notre tour, me dit-il avec un clin d'œil complice.

C'est ça pour lui « se réchauffer mutuellement » ? Je redescends bien vite de mon petit nuage et enfile ses affreux gants de cuisine.

-Je suis sincèrement désolé, c'est la première fois que ça arrive. Nous avons une heure à tuer, parlez-moi donc de vous.

-Que voulez-vous savoir ?

-Ce que vous voulez bien me dire. J'ai vu que vous aviez d'adorables garçons. Comment s'appellent-ils ?

-Auguste et… Jésus.

-Jésus ? Comme le Christ ?

-Jésus, comme le Christ.

-Voilà qui est… étonnant.

-Et vous, des enfants ?

-Non, pas d'enfants. Je n'ai pas encore rencontré la femme qui voudrait partager cette joie avec moi.

-Pourtant, au chalet…

-Oh, Déborah ! Ce n'est qu'une amie.

Comme sa réponse ne me convainc pas et qu'il semble directement le remarquer, il enchaîne :

-Voyons, je suis un être humain avec des… besoins…

-Oh, je vous en prie ! Epargnez-moi les détails.

-Mais elles le savent, vous savez ! Je ne joue pas avec les femmes. C'est un commun accord dès le départ.

« Elles » au pluriel ? Est-ce un gros dégueulasse ou une bête de sexe ensorcelante à qui personne ne résiste ?

-Je n'ai pas eu vraiment de chance avec les femmes.

-Moi non plus avec les hommes, ce n'est pas pour ça que je m'envoie en l'air tout ce qui bouge et pourtant je suis un être humain.

-Oh, je vois. Vous me prenez pour un goujat !

-Pas du tout.

-Oh, mais si. Rassurez-vous, je ne vais pas vous sauter dessus.

Quelle déception…

-Il ne manquerait plus que ça !

-Pas que vous ne me plaisiez pas. Vous êtes une…

-Une quoi ?

-Et bien, une femme… Une… Enfin, vous êtes très belle et probablement mariée et…

À cet instant, la porte de la chambre froide s'ouvre sur un jeune boutonneux stupéfait de nous trouver là. Riboud me laisse sortir en premier, je le salue poliment, le remercie pour la visite et je retourne à ma voiture sans lui laisser le temps de m'adresser la parole. Je ne sais pas quoi penser de cet échange. Savoir que cette blonde a un prénom rend la chose encore plus réelle et ma jalousie est venue s'immiscer dans mon ventre et dans ma tête sans me demander la permission. Mais il a dit qu'il me trouvait belle. Très belle, même. En y repensant, je rougis et souris comme une idiote.

Je retrouve Nancy et les enfants à table dégustant du pain perdu préparé par la nounou elle-même.

-Servez-vous, Madame Denis. Il y en a pour tout le monde.

Quelle bonheur de se laisser chouchouter après une journée pareille. Nancy faisant un peu partie des meubles, je lui laisse champs libre dans la cuisine, dégustant avec plaisir ses petits goûters.

-Madame Denis, pour Noël, je ne saurai pas venir garder les petits cette année.

-Aucun problème, cette année je ne travaille pas le 24.

J'avais complètement oublié le réveillon. Erin, ma sœur, nous a gentiment invités, moi, mes fils et ma mère. Elle habite dans un petit appartement, un dernier étage sans ascenseur dans un vieil immeuble. Ma sœur travaille à mi-temps dans une boulangerie et ne peut se permettre qu'un petit loyer. Plus jeune, ma mère lui avait proposé de rester dans la maison familiale pour pouvoir économiser avant de prendre son envol. Soyons honnêtes, qui voudrait vivre dans une maison pleine de bénitiers, de statuettes religieuses du sol au plafond (même la toilette a droit à sa Vierge), de musique évangélique 24 heures sur 24 en bruit de fond ? Une maison dans laquelle il est interdit de ramener un mec (sauf pour les couples mariés), où il est interdit de jurer (avouez qu'un bon gros « enculé ! » de temps en temps ça soulage), où il est interdit de médire, critiquer, comploter ou tout ce qui pourrait être contraire à l'amour. Cette maison manque cruellement de quelque chose. C'est ainsi que, aussi aimante soit notre mère, Erin avait pris ses jambes à son cou le plus tôt possible. Si Erin nous a invités cette année, c'est sans aucun doute pour une raison particulière. Je suis intimement persuadée qu'elle va nous présenter son nouveau Jules.

Aux environs de vingt heures, je borde mes fils en leur lisant une petite histoire qui raconte l'amour impossible entre une princesse prisonnière de sa méchante belle-mère et d'un beau prince bravant tous les dangers pour la retrouver. Comme quoi, des mensonges, on en entend depuis notre plus tendre enfance.

Une fois la nuit tombée, j'enclenche ma veilleuse – le lave-vaisselle – et me glisse dans mon lit avec mon ordinateur portable. Je me perds un peu sur les réseaux sociaux puis décide de regarder un film. Des centaines de pages défilent sous mes yeux et je m'arrête sur un film d'action. Je peine à m'accrocher au film et, avant de sombrer dans les bras de Morphée, je jette un dernier coup d'œil à ma boîte mails. J'ai un nouveau message.

*« Vous ne m'avez pas répondu… Êtes-vous mariée ? »*

Mon corps est parcouru de frissons et c'est dans les bras imaginaires d'Edouard Riboud que je m'endors.

## Joyeux Noël et vive la tequila !

Il est environ 18 heures quand j'arrive chez ma sœur. Je suis passée prendre ma mère qui n'aime pas conduire lorsqu'il fait noir. Nous mettons facilement 25 minutes à gravir les quatre étages, ma mère commençant doucement à se faire vieille.

-Vous en avez mis du temps !

-Pense à ta mère et installe-lui un petit siège qui monte le long des rampes...

-Ha ha ! Très drôle, Ava, lance ironiquement ma mère, trois mètres derrière nous, à bout de souffle.

Nous nous installons au salon et je constate un couvert de plus à la table ronde de la salle à manger. Je me languis de rencontrer le nouveau bonhomme qui partage la vie de ma petite sœur. À en croire les chaussons au pied du canapé, c'est un grand gaillard. Alors que nous entamons notre première flûte de champagne, l'interphone se met à hurler. Ma mère frôle l'infar et Erin accourt dans le hall d'entrée. Quand elle en revient, c'est au bras d'une grande sauterelle à lunettes, cheveux courts et gras, au large sourire et légèrement dépareillé. Je le salue poliment

96

et file un coup de coude à ma mère visiblement choquée de ce qu'elle voit. Il faut préciser qu'Erin n'a pas pour habitude de faire dans les jeunes à la limite de l'adolescence. Erin c'est plutôt les plus de quarante ans, bien attifés, au portefeuille souvent bien fourni.

-Je vous présente Pierre, mon compagnon.

Ma mère ne réagissant toujours pas, je me lève du canapé et lui fait la bise brièvement. Il faut dire que l'acné ne l'ayant pas épargné, j'avais peur de recevoir la crème anglaise avant le dessert. Erin nous raconte ensuite leur rencontre un lundi matin à la boulangerie. Il venait chercher ses viennoiseries avant d'aller à l'école.

-A l'école ? demande ma mère, interloquée.

-Pierre est en quatrième année de physique à l'université, explique Erin qui le regarde avec tendresse.

Ma mère me lance quelques regards de temps en temps. Je sais qu'elle tente de savoir ce que je pense de ce garçon mais je ne laisse rien paraître. Il n'est, certes, pas très beau, mais il faut lui laisser sa chance. Il n'y a pas que le physique non plus !

-Oui car il faut penser à la diversité des nombreux sujets traitant de la matérialisation et si...

Alors là, je n'écoutais déjà pas mais j'écouterai encore moins. J'avale d'une traite mon troisième verre de champagne et je me retourne vers mes enfants qui jouent à Bubble Witch sur la console du salon. Quelque chose me dit que la soirée va être longue.

-Ma chérie, ce garçon est vraiment agaçant...

-Parle plus bas, maman. Il peut sortir de la cuisine d'un moment à l'autre. Il est juste... très intelligent.

-Si on le laisse parler toute la soirée, je vais finir par m'endormir sur ma chaise.

-Bois un verre de champagne, tu verras, tout ce qu'il te dira te paraîtra rigolo après.

Inciter ma mère à boire, voilà quelque chose d'amusant, elle qui n'a pas touché à une goutte d'alcool depuis sa « révélation divine ». Le repas arrive et comme d'habitude, ma mère nous fait son benedicite personnalisé. Avec, ce soir, un soupçon de légèreté et de bulles.

-Bénissez ce repas, Seigneur. Bénissez chacune des personnes se trouvant à cette table. Dieu, merci de m'avoir présenté mon nouveau gendre. Il a l'air gentil, malgré tout. Aidez-le à combattre l'ennemi dermatologique et enlevez-lui le bâton coincé dans son... (coup de coude immédiat) dans son doigt car je m'inquiète de l'arthrose des mains. Merci, Seigneur, pour ce poulet... non, cette... Enfin, Erin, c'est quoi ce truc ?

-Une coquille Saint-Jacques, maman. Mange, maintenant.

Erin et son ado mangent silencieusement tandis que ma mère lèche ses doigts. Il est clair qu'un seul verre est amplement suffisant. Bien que légèrement brûlé, le dessert tant attendu est mangeable et c'est sur cette note mitigée que se termine le repas.

Ma mère s'allonge sur le canapé et ma cadette nous apporte un shoot de Téquila.

-Santé, Ava. Et joyeux Noël !

-Santé, ma chérie ! Joyeux Noël à vous deux.

-Il était original le benedicite de maman, ce soir…

-Oh, elle est complètement bourrée. Demain, elle s'en rappellera même pas.

Nous éclatons de rire et nous avalons un deuxième shoot qui nous monte directement à la tête. Pierre étant retourné dans la chambre pour nous préparer notre lit, je profite de notre état d'ébriété flagrant pour poser mes questions.

-T'es avec lui depuis combien de temps ?

-Qui ça ? Pierre ? Oh, trois mois je crois.

-Et t'as pas peur de le casser quand tu couches avec lui ?

Elle éclate de rire, moi aussi et nous mettons une bonne minute avant de pouvoir aligner deux mots sans pouffer de rire.

-Si, je t'avoue que parfois j'ai l'impression que je vais le tuer.

Cette fois-ci, on pleure de rire. Le fou rire est si fort qu'aucun son ne sort de notre bouche et je finis par m'écrouler de ma chaise. Erin vient me rejoindre sur la moquette.

-Et toi, Ava, y a-t-il un homme qui partage ta vie hormis tes deux petits princes ?

J'éclate de rire.

-Un homme ? Ça ne va pas la tête !

-Ava, tu ne vas pas rester seule toute ta vie. Mais si tu veux, j'ai un fournisseur en vibromasseurs exceptionnel !

Nous nous étouffons une fois de plus et Pierre fait son apparition dans la pièce. Il nous regarde incrédule et je comprends très vite qu'il ne fera pas long feu dans la vie de ma sœur. Ou alors elle en est follement amoureuse... ce qui m'étonnerait vraiment.

Il est presque deux heures du matin quand, après notre sixième verre de tequila, nous décidons d'aller nous coucher. Je ne sais pas comment je fais pour atteindre mon lit mais j'y arrive. Encore sous l'effet de l'alcool, je vérifie mes mails. Vérifier quoi que ce soit dans cet état se révèle être bien plus compliqué que je ne l'aurais imaginé. Les mots se mélangent, les touches aussi. Je comprends qu'on me souhaite un joyeux Noël des quatre coins de la planète et je tombe sur le mail du restaurateur de la veille. Et c'est dans cet état pitoyable que je décide de lui répondre. J'aurai tout le temps de le regretter dès demain.

## Rouge tomate bis !

Sur la route, le 25 au matin, personne ne parle dans la voiture. Il faut dire que j'ai une migraine atroce et que le premier qui l'ouvre risque de s'en manger une. Quelques passages de la veille me reviennent en mémoire mais le reste est tout de même flou. J'ai soudain le vague souvenir d'avoir parlé à Edouard Riboud. J'espère ne lui avoir rien envoyé de compromettant... À vérifier en rentrant.

Nous déposons ma mère chez elle puis rentrons chez nous. Aujourd'hui, nous allons glander et la perspective de retrouver mon pyjama et mon canapé me fait sourire.

Après une douche vivifiante, j'attrape mon ordinateur et me jette dans le canapé. Je zappe un instant les quelques extraits de films de Noël que je vois défiler à la télévision puis entreprends de remercier mes nombreuses connaissances pour leurs meilleurs vœux. Lorsqu'un nouveau message s'invite dans ma boîte de réception.

*« Chère Ava,*

*J'espère que votre tête se porte bien ce matin. La mienne est quelque peu douloureuse, je pense m'être amusé autant que vous.*

*Je suis sincèrement désolé et honteux de ce que vous avez pu voir ou… entendre. Comment me faire pardonner ?*

*Edouard.*

*PS1 : Les Déborah, c'est de l'histoire ancienne.*

*PS2 : Moi aussi, je préfère les lits. Le métal m'aura servi de leçon, j'ai eu une entorse au poignet.*

*PS3 : Ne vous tracassez pas, je ne lui dirai rien.* ☺

*PS4 : Joyeux Noël à vous aussi. »*

Bonté divine ! Qu'ai-je bien pu raconter hier à ce type ? Je me sens affreusement mal à l'aise. Je clique sur la rubrique des mails envoyés et j'inspire à fond avant de découvrir ce désastre.

*« Je ne suis pas mariée mais si l'envie vous prend de me demander ma main, il faudra d'abord vous débarrasser de toutes vos Déborah…*

*Ava Denis.*

*PS1 : Je préfère les lits aux buffets de cuisine.*

*PS2 : Je ne fais absolument pas référence à Chamonix.*

*PS3 : Svp, ne dites rien à Riboud, merci.*

*PS4 : Joyeux Noël ! »*

Bordel de merde… Je n'ai pas d'autres mots. Même si personne ne peut me voir, je suis cachée sous mes plaids puants, attendant la mort en espérant qu'elle vienne vite me chercher. Mais mon ventre crie famine et je suis bien obligée de sortir de ma cachette. L'adrénaline ; tandis que chez les personnes normalement constituées elle leur permet d'affronter les évènements de la vie, la mienne me fait sauter dans une plante ou sous les couettes. Je suis morte de honte. Comment vais-je faire pour travailler avec lui après ça ? Je suis terriblement en colère contre moi. Qu'est-ce qui m'a pris de lui répondre dans cet état ? Il est évident que je ne lui aurais pas répondu si j'avais été sobre. Je ne serais certainement pas rentrée dans ce jeu de séduction. Il me plaît, c'est certain. Bien plus que je veuille bien l'admettre. Mais à quoi bon ? J'ai décidé de faire une croix sur les hommes depuis un bon moment. Avoir un partenaire occasionnel me va bien mais je ne peux pas caser Edouard dans la catégorie « coup d'un soir ». C'est le genre de personnage auquel je m'attache et qui dit attache finit toujours par dire souffrance. J'ai 32 ans, il est hors de question de revivre ça à nouveau. Je veux de la sérénité, de la paix, de la tranquillité. Et si cela signifie passer le restant de mes jours seule, alors je le ferais sans hésiter.

## « Terrible two » ou crise des 2, 3, 4, 5 ans »

Le lendemain, je me rends au boulot sans entrain, un peu comme d'habitude. Je songe à prendre une année sabbatique. Ou une vie sabbatique. Quitter ce boulot, cet appartement, changer de vie. Mais j'ai les enfants et je ne peux pas me permettre de tout bousculer dans leur vie et de vivre au jour le jour. Si je veux quitter cette vie, alors je dois d'abord correctement me renseigner.

8h38 : je décroche le téléphone du bureau.

-Bonne nouvelle ! On se remarie !

Pourquoi ça ne me surprend même pas…

-Félicitations, lançai-je platement.

-Et tu es, bien évidemment, conviée à ce remariage ! D'ailleurs, j'ai une demande toute particulière à te faire… Veux-tu bien être ma demoiselle d'honneur ?

Aïe… Qu'on me donne une corde et un tabouret !

-Alors ! Qu'en dis-tu ?

-J'en dis… que… c'est une bonne idée ?

-J'étais certaine que ça te plairait ! Tu ne t'imagines pas comme je suis heureuse ! Thibault va faire des efforts, il me l'a promis. Tu verras, Ava, tu vas adorer ce niveau Thibault.

-Il ne se tripote plus en cachette sous la douche ?

-J'essaye de ne pas y penser. Après tout, la masturbation est naturelle. Je devrais peut-être m'y mettre, moi aussi...

Beurk.

De retour chez moi, j'hésite à ouvrir la porte d'entrée. Ce que j'entends de l'autre côté me fatigue déjà. Mais, ayant pitié de cette pauvre Nancy et me rappelant que ce ne sont pas ses gosses mais les miens, je prends une longue inspiration et entre dans l'appartement. Le salon et la salle à manger sont sans dessus-dessous. La télévision hurle, les portes claques et la baby-sitter n'en peut plus. J'éteins l'écran et caresse le bras de la jeune fille.

-Je suis désolée, Madame Denis. Mais là, il me rend chèvre.

Puis elle attrape ses affaires et s'en va presque en courant. Je décide de ne rien ranger pour le moment et me dirige vers la chambre où le monstre rugit.

-Bonjour. Allez, Jésus. Viens ici, maintenant. Explique à maman pourquoi tu cries.

Jésus est dans sa crise existentielle des 2 ans. Mais si, vous savez cette fameuse phase du « terrible two » ?

Enfin, en théorie c'est 2 ans. Parfois, ça persiste de longues années. Et si vous espériez trouver des solutions dans ce livre, vous vous mettez le doigt dans l'œil ! Je cherche toujours... C'est incroyable le nombre de solutions que j'ai pour mater les gosses des autres, mais avec les miens, c'est très complexe. Vous pensiez bien faire, au départ. Pour leur bien, leur bien-être psychologique. En essayant de répondre adéquatement à leurs besoins fondamentaux (Pierre, sors de ce corps !!). Mais malgré ça, votre ange d'apparence se révèle être un tyran une fois dans l'intimité. Terrible two, je rêve de te casser la gueule... Céline Dion a dit : « Mais comment font ces autres à qui tout réussit ? » Je me pose réellement la question. Pourquoi n'accouchons-nous pas avec un mode d'emploi ? Et si vous avez le malheur de vous confier aux mamans de l'école de votre bambin, vous prenez le risque d'être exclue de cette secte ultra select des mères parfaites.

-Comment dites-vous ? Nous ne connaissons pas ce genre de crises à la maison. À vous entendre, on croirait parler d'un animal sauvage ! Non, Marie-Antoinette est d'un calme olympien, chante tel un ange venu du ciel, extériorise de manière autonome ses sentiments, est une véritable fée du logis, ordonnée, polie, souriante, discrète, adorable, aimée, intelligente, brillante.

-Et quel âge a-t-elle ?

-Eh bien, trois ans comme le vôtre, ma chère.

Et vous vous retournez vers votre gamin qui mange ses crottes de nez.

Après avoir été bannie à vie du club des connasses...oups ! des mères parfaites, vous vous retournez vers votre mère. Et là, il existe deux types de mères (ou de grand-mères, tout dépend du point de vue que l'on choisit) : la surprotectrice-gaga-nounou-chouchou-loulou-rourou alias Mamie-poule ou celle qui sait tout mieux que vous étant donné qu'elle est « passée par là bien avant vous ». Personnellement, bien que je n'aie qu'une mère, j'ai vécu (ou subi) les deux personnalités.

Pour Auguste, j'ai eu droit à celle qui savait tout mieux que moi. Je pense avoir sincèrement détesté ma mère pendant cette pénible période.

-Mais cet enfant est bien trop couvert ! Tu veux qu'il fasse des convulsions ou quoi ?

-Couvre-le ! Tu ne te rends pas compte qu'il ne fait que vingt degrés, ici !

-Je te trouvais relativement excitée enfant mais alors celui-ci...

-Lâche-le un peu, ce n'est plus un bébé.

-C'est incroyable que tu n'aies pas encore perdu tous tes kilos de grossesse. Moi à ton âge...

-Tu comptes l'allaiter encore longtemps ? Tu ne veux pas l'allaiter jusque vingt ans, tant que tu y es ?

-Laisse-moi ton fils une semaine et tu verras comme il sera obéissant.

-Tu n'as aucune allure. Laisse-moi faire…

Partant sans doute d'un bon sentiment, vous ne répondez pas ou à peine. *Dieu, donne-moi la patience, parce que si tu me donnes la force, je lui éclate la tronche !* Non, mais de quoi je me mêle ! Mère ou pas mère, il m'a fallu prendre distance et je me suis tournée vers des forums de mamans « normales ».

Pour Jésus, cela a été bien différent. J'ai eu droit à l'autre, la gaga-nounou-chouchou-loulou-rourou. À petites doses.

-Il est un peu excité, c'est vrai, mais ça lui passera.

-Tu l'allaites toujours ? Essaye encore un an, plus il tète moins il a de risque de tomber malade.

-Tu as pris sa température ? Il y a dix minutes ? Reprends encore, on ne sait jamais.

-Oh il frappe sa maman, le petit coquin… Gouzou gouzou !

-Son premier mot ? Putain ? Eh bien, c'est un langage diversifié, moi je dis pourquoi pas !

-Maman a dit non pour le bonbon ? Chuuut... Viens, mamie en a tout plein dans ses poches...

Quelle que soit la place qu'elle prenne, il faut qu'elle reste discrète. Sinon c'est votre relation qui en souffrira. D'après une étude, 30 % des enfants de moins de 3 ans dont les mères travaillent seraient gardés, une bonne partie du temps, par leur grand-mère. Alors, dans la mesure où nous sommes bien contentes de les trouver de temps en temps, peut-être serait-il bon de nous montrer un tout petit peu tolérantes...

En allant me coucher ce soir-là, je vérifie mes mails. Vous l'aurez compris, c'est un automatisme.

*« ...comment me faire pardonner, Ava ? »*

Mais quel lourdingue celui-là. J'efface son message et tombe de sommeil.

## Le mariage 2

Une semaine s'est écoulée depuis le mail de Riboud. Je ne lui ai pas répondu. Après tout, pour lui dire quoi ? Notre relation doit rester professionnelle et courtoise. Je n'ai pas envie qu'un malaise s'installe. Même si c'est peut-être déjà trop tard… Aujourd'hui est un jour particulier. C'est le second mariage de ma seule amie, Virginie. Je suis dans la chambre d'hôtel qu'elle a réservée pour ses trois demoiselles d'honneur. Je suis la plus âgée du groupe et certainement la plus complexée. Julie et Estelle n'hésitent pas à se dévêtir devant moi, dévoilant de jolis petits seins ronds et un ventre exagérément plat. Je me faufile dans la petite salle d'eau et tâche d'enfiler cette robe qui me paraît bien trop petite pour moi. Heureusement, j'ai pris ma culotte gainante. Au bout d'un quart d'heure de bataille, je rejoins les deux filles attelées à la coiffeuse. Tout à coup, elles se retournent vers moi, l'air très surpris.

-Dites quelque chose, bon sang !

-Ava… Tu es…

Elles s'écartent de la coiffeuse et le miroir m'envoie mon reflet tel un coup de poing auquel on ne s'attend pas.

-Doux Jésus ! C'est affreux !

-Non, non, ne dis pas ça, s'empresse Estelle.

-Moi je trouve que ta belle paire de seins ressort bien, lance Julie.

-Tu parles ! Ils s'enfuient, oui ! J'ai l'air d'un saucisson là-dedans…

Estelle tente d'ajuster ma robe à l'arrière tandis que Julie la tire sur le bas, de façon à la détendre un peu.

-Laissez tomber, les filles.

-Ava, je t'assure que tu es très belle. Ta poitrine est bien mise en valeur, en plus.

-Mais on ne verra que ça ! Tout ce qu'on aura retenu de la cérémonie, ce ne sera pas la mariée mais les nibards de sa demoiselle d'honneur !

-De toute façon, tu n'as pas le choix que d'y aller comme ça. Fais-le pour Virginie, elle veut qu'on porte ces robes pour son mariage. Alors ce n'est, certes, pas très beau mais dis-toi qu'après on les mettra à la poubelle et on en rigolera.

Et c'est sur ces paroles emplies de sagesse que nous nous dirigeons vers l'autel 45 minutes plus tard.

Comme pour la première fois, Thibault arrive au bras de sa vieille mère qui ne semble pas contente d'être là. Ou bien c'est sa tronche de bulldog qui fait ça. Ses espèces de bajoues qui tirent vers le bas, entraînant sa fine bouche aux extrémités. Je me demande ce que ça donne quand elle sourit, si ses joues remontent ou si ça pendouille toujours.

Virginie arrive enfin au bras de Jean-Michel qui semble avoir pris un coup de vieux. Je me demande ce qu'il pense de ce remariage. Est-il heureux pour sa fille ? Ou, en père protecteur, il se demande s'il n'y a pas anguille sous roche ?

J'ai laissé Jésus et Auguste chez ma mère pour l'occasion. Je n'aurai donc pas d'excuse valable pour quitter rapidement la soirée. J'en suis presque à espérer de me sentir malade… Tandis que le prêtre sort son bla bla habituel que toute l'assemblée doit, désormais, connaître par cœur, je tire aussi discrètement que possible sur ma fichue robe qui remonte sur mes fesses. Je scrute l'intérieur de la salle, espérant que personne ne prête attention à mon allure pitoyable lorsque je croise SON regard. Je le regarde confuse, il me sourit franchement. Je n'avais pas fait attention aux invités jusqu'à présent. Les premières têtes croisées m'ont laissé un sentiment de déjà vu alors je n'ai pas regardé les suivantes. J'étais plutôt concentrée sur mes pieds, priant pour que les talons ne se coincent pas dans les rebords du tapis. Alors croiser Riboud ici, au mariage de MON amie… M'observait-il depuis un long moment ? A-t-il vu que je triturais ma robe ? Oh merde… La honte ! Il a dû se dire : « Regarde-là, cette idiote ! Quelle empotée ! Elle ressemble à un boudin, là-dedans. Tire pas sur ta robe, c'est trop tard j'ai vu tes grosses fesses ! Et c'est quoi ces nichons qui débordent ? » Oui, il s'est sûrement dit ça car c'est ce que je me dis en me voyant aujourd'hui. Mais qu'est-ce qu'il fout ici ? Serait-ce un ami de Thibault ? Alors là, ce serait la preuve irréfutable que c'est un gros con et que je perds mon temps à fantasmer sur lui. Oui voilà. Je décide de ne plus prêter attention à lui et lorsque les mariés s'embrassent, je fais semblant d'être heureuse pour eux et applaudis.

Un peu plus tard dans la soirée, je mange péniblement ma quatrième part de gâteau tandis que tout le monde semble s'amuser.

-Vous êtes… irrésistible dans votre robe…

Enfin, tout le monde sauf lui.

-Bon, ça suffit de vous foutre de moi ?

-Mais je suis sincère. Je vous trouve très jolie dedans, dit-il en me regardant droit dans les seins.

Je soupire et lui tourne le dos.

-Vous connaissez les mariés ?

-Virginie est ma meilleure amie. Et vous ?

-Moi, je ne connais personne.

Je me retourne vers lui, surprise.

-Je plaisante. Enfin, pas vraiment. Je surveille mes nouvelles recrues au buffet et votre meilleure amie m'a proposé de me joindre à la cérémonie. C'est sympa, non ?

J'écoute à peine ce qu'il me dit. Cette proximité avec lui ne me laisse pas de marbre. J'admire sa belle dentition et sa mâchoire irrésistiblement carrée. Ses cheveux brun foncé sont ébouriffés comme s'il sortait du lit, ce qui le rend encore plus sexy. Ses yeux sont noisette et si je continue à le fixer comme ça il va penser que j'ai un retard mental. Alors je me concentre sur la danse romantique des mariés.

-Pourquoi ne répondez-vous pas à mes mails ?

-Notre relation doit rester professionnelle. Je ne veux pas créer de malaise.

-Mais vous en créez en ne me répondant pas… Avez-vous peur de moi ? lance-t-il en riant.

Je me détends un peu et finis par rire de ses vannes lancées par-ci par-là. Je me demande s'il sait qu'il me plaît et s'il n'essaye pas de m'amadouer. Finalement, ça changerait quoi et pour qui que je me laisse charmer par Edouard Riboud ? Mon patron ? J'ai une furieuse envie de l'envoyer bouler, celui-là ! Riboud ? Il connaitrait la véritable lionne, la femme puissante et sexy dans toute sa splendeur avec moi (oui, je me surestime peut-être un peu... En tout cas, dans ma tête, la scène se joue de manière bestiale et sensuelle). Pour moi ? Eh bien, pour moi, à condition que je ne m'attache pas à lui, ça ne changerait strictement rien. C'est bon. Ma décision est prise, je vais flirter avec Edouard Riboud et ce soir même, je serai dans ses bras. Mais, perdue dans mes réflexions les plus intimes, je ne vois même pas Riboud disparaître dans la foule. Aurait-il déjà quitté la soirée ? Sans me prévenir ? Je regarde autour de moi mais ne le vois pas. Je me mets alors debout sur ma chaise pour avoir une vue d'ensemble. Lorsque, soudain, les portes s'ouvrent dans un vacarme tonitruant. La musique années 80 laisse alors place à quelque chose de plus sensuel, de... striptease ? Mais qui a pensé à ça pour un mariage ? Ils se sont gourrés de jour, les stripteases c'est pendant l'enterrement de vie de jeune célibataire. Une chevelure folle s'agite au sol dans tous les sens. Je plisse les yeux et comprends rapidement que le stripteaseur n'est pas à genoux par terre mais bien debout au milieu de la salle. Doux Jésus, c'est un nain ! On aura tout vu. Soudain, je repère Edouard au bar, en pleine conversation animée avec une... une blonde ! Encore une ! La colère s'empare de moi et la jalousie s'apprête à me faire réagir lorsque le spot lumineux s'arrête et m'aveugle. On hurle mon nom et je n'ai pas le temps de comprendre ce qu'il se passe, qu'on m'attrape les bras et les jambes et je me retrouve attachée sur une chaise face à ce nain qui se dandine tel un gosse heureux à la Saint-Nicolas. Je cherche du regard le restaurateur mais les invités m'ont encerclée et je ne vois rien d'autre qu'un tas de personnes euphoriques et totalement hilares. Bon sang, si je ne m'étais pas mise debout sur cette chaise, je ne serais pas là, obligée de supporter cette vision de l'horreur. Entendons-nous bien, je respecte tout le monde y compris les nains. Mais qui peut bien trouver émoustillant deux petites fesses et un petit nez se faufilant dans votre décolleté ? Même pour rire ? Sortez-moi de là, par pitié…

Après le show du siècle (très malaisant pour ma part), je décide de filer en douce par la porte de secours. J'ai le besoin vital de retrouver mon chez-moi, mon lit, mes repères.

-Vous filez en douce ?

Edouard me sourit, complice. Il est seul et fume une cigarette.

-Je pensais que vous étiez parti depuis un moment…

-Vous rigolez ? Je n'aurais manqué ce spectacle pour rien au monde ! Vous avez une touche, ce soir.

J'ouvre la bouche et la referme aussitôt. Alors que je me dirige vers ma voiture, il me rattrape et me retient par le bras. Premier contact tactile.

-Où allez-vous ? La soirée n'est pas terminée.

117

-Elle l'est pour moi. Je suis fatiguée.

-Vous ne devriez pas conduire dans cet état.

-Je n'ai pas bu.

-Non mais vous êtes épuisée. Je vous ramène.

-Ne vous donnez pas cette peine, je vais très bien. Bonne nuit Edouard.

-Soyez prudente, Ava.

Soulagée de pouvoir enfin mettre mon moteur en route, un sentiment de tristesse fait tout à coup son apparition. Est-ce que je culpabilise de fuir la fête ? Sûrement pas. D'accord, le stripteaseur nain c'est rigolo trois minutes, mais après ça devient long et chiant. Qu'est-ce qui me met dans cet état, alors ? Laisser Riboud m'a demandé un effort mais, lui laisser une porte ouverte, c'est lui laisser la possibilité de me détruire. Et quelque chose me dit qu'il n'est pas du genre à s'investir corps ET âme dans une relation. Je prends soudainement conscience que cette constatation me pince un petit peu le cœur. J'ouvre les vitres de l'habitacle à fond et je laisse le froid de janvier s'y engouffrer.

Vingt minutes plus tard je suis chez moi et je balance mes escarpins dans le salon. Je file à la salle de bains me démaquiller et j'enlève cette robe ridicule. Enfin, je tente de l'enlever par le haut mais arrivée à hauteur de ma poitrine, la robe reste coincée. Je tire de toutes mes forces mais rien ne bouge. Je suis là, les fesses à l'air et les bras immobilisé vers le plafond. Merde ! Comment vais-je m'extirper de ce truc ? J'essaye de la redescendre pour l'enlever vers le bas mais rien n'y fait. Je suis coincée. Soudain, on sonne à la porte. Oh non ! Qui peut bien sonner à une heure pareille ? Et si c'était ma mère qui avait un problème avec les petits ? Mon téléphone est resté dans mon sac, elle a peut-être tenté de me joindre à plusieurs reprises et je n'ai rien entendu. Je cours dans le couloir et me casse la figure contre un guéridon. *Put… Je l'avais oublié celui-là…*

-Entre, maman ! Je suis coincée !

La porte s'ouvre et ma mère réussit à faire apparaître ma tête. Enfin ma mère ou…

-Mais qu'est-ce que vous faites ici ?

-Je suis désolé, Ava. Mais vous m'aviez l'air épuisé et quand vous êtes repartie, j'ai eu un véritable stress… Il fallait que je vous suive pour être sûr que tout se passe bien sur la route.

-Et puis vous êtes sorti de votre voiture et avez écouté à ma porte !

-Pas du tout ! Ce n'est pas ce que vous croyez. Je voulais… Je… Enfin et quand j'allais frapper, j'ai entendu que vous tombiez et…

Sa maladresse est mignonne et me fait rougir et en même temps je me demande si ce n'est pas un psychopathe harceleur. Et je me rends soudain compte de ma posture.

-Bon, ben, maintenant que vous êtes là, s'il vous plaît, enlevez-moi cette robe…

-Waouh… Dès le premier rendez-vous, me lance-t-il en riant. Pardon, OK, j'arrête.

Il tire le tissu vers le bas mais cette fois-ci, la robe ne veut plus redescendre. Je m'énerve, il respire fort et se concentre puis me suggère de la couper.

-Comment ?

-Je vous promets de faire attention, il me suffirait d'une simple paire de ciseaux…

Il regarde autour de lui puis se dirige vers la cuisine. Je l'entends farfouiller dans mon pot à ustensiles puis il revient, triomphant, la paire en main. Il m'ordonne de ne plus bouger d'un poil et je m'exécute. Combien de fois n'ai-je pas envisagé le moment où Edouard Riboud me déshabillerait pour la première fois ? Si on m'avait dit que ce serait de cette manière, j'aurais prié pour que ce moment n'arrive jamais !

-Vous voilà libérée !

Il me tend ce qu'il me reste de tissu ainsi que la paire de ciseaux et se dirige vers la porte.

-Edouard ? Pourquoi êtes-vous venu jusqu'ici ?

Il réfléchit quelques secondes puis me sourit simplement.

-Je voulais juste m'assurer que vous alliez bien. Je suis rassuré de savoir les gens qui comptent pour moi en sécurité. Bonne nuit, Ava.

Et il repart sans un bruit.

Et je compte pour lui.

## Besoin d'une pause…

J'entends souvent les gens dire que la jalousie est une preuve d'amour. Je trouve ça totalement absurde. Pour moi, la jalousie n'est qu'une preuve d'un manque de confiance en soi. Lorsqu'on a conscience de sa valeur, il est impensable de jalouser une autre personne. Si j'étais si sûre de moi, je ne serais pas jalouse d'une blonde discutant simplement avec Edouard Riboud. Je n'envierais pas la vie des autres comme je le fais pour le moment, je ne serais pas en colère contre tous les couples que je croise dans la rue et je serais probablement très heureuse dans ma vie. Or, heureuse, je dois bien avouer que je ne le suis pas vraiment. Vous allez me dire que j'ai un toit, à manger, deux merveilleux enfants… Certes, mais il me manque quelque chose d'important et je ne sais pas ce que c'est. En quittant mon bureau, cette après-midi, je prends mon courage à deux mains et file au deuxième étage, construit depuis peu. Le couloir est encore en chantier mais je repère rapidement le bureau de Séverine.

Séverine est Coach de vie au sein de notre entreprise depuis maintenant un mois. Elle nous aide à atteindre nos objectifs personnels et professionnels, nous soutient, nous écoute et nous guide. Et, aujourd'hui, j'ai besoin de conseils et de réconfort. Je frappe trois petits coups et sa voix chaleureuse me parvient derrière la porte.

-C'est ouvert !

Je m'installe sur son petit fauteuil à bascule suédois et nous discutons une bonne demi-heure. Je suis soulagée de pouvoir me confier sans être jugée. J'aurais pu converser avec ma mère mais elle aurait automatiquement tout relié à Dieu, ce qui m'agace fortement. Comme s'IL entretenait une certaine perversité à nous punir jusqu'à la fin de nos jours pour des broutilles. Je sors de là les yeux gonflés et les joues rouges et regagne ma voiture. Le verdict est tombé, je frôle le Burn Out.

-Si vous continuez sur cette voie, vous risquez d'y plonger pour de bon. Prenez du temps pour vous, faites une pause, resourcez-vous.

Faire une pause ? Mais qu'est-ce que ça veut dire « pause » ? Pour mon patron, ça n'existe pas. Je rêve de ne plus croiser son chemin, de griffer sa voiture, de cracher sur sa perruque, de chier sur les pralines que sa secrétaire lui apporte tous les matins, de lui faire un doigt d'honneur, de lui roter en pleine face, de déchirer tous ses documents, de dénoncer sa liaison avec la réceptionniste… Voilà, je finis par en rigoler. La coach m'a conseillé de dire tout haut tout ce que j'avais envie de lui faire et elle m'a assuré qu'après ça je me sentirais mieux. Sur du court terme, c'est vrai que ça fait du bien. M'imaginer en train de faire mes besoins sur ses pralines est absolument immonde et, pourtant, je suis prise d'un fou rire, seule dans mon auto.

Je rentre chez moi et retrouve mes petits garçons. Ils jouent à la pâte à modeler avec Nancy. Ils rient ensemble et ils finissent tous les trois par s'enlacer. Même si ce spectacle de douceur me conforte dans l'idée d'avoir choisi la bonne baby-sitter, une pointe de jalousie (encore) vient s'insinuer dans mon cœur. Au fond, est-ce de ça dont j'ai envie ? Laisser l'éducation de mes enfants à une autre que moi ? Ne pas être celle qui joue avec eux, qui les récupère à l'école, qui leur prépare un goûter ? Cette vie est-elle ce dont j'ai toujours voulu ? Un boulot qui ne me satisfait pas, une ville que je n'aime pas, trop peu d'amis, voire pas du tout… Quelque chose manque à ma vie et j'ai la sensation que ce quelque chose est crucial.

Ce soir, je décide regarder un reportage à la télévision : « *Prêts à tout pour changer de vie* ». Un jeune couple quitte leur boulot de manutentionnaires dans une grande entreprise pour la vie d'aventure en caravane. Un autre prend le risque de perdre toute sécurité financière pour s'exiler aux Etats-Unis. Une jeune femme quitte la Belgique et sa famille pour exercer son métier de kinésithérapeute au Canada. Chaque étape de leur parcours est expliquée dans le reportage et, bien que ce changement de vie demande de la préparation et du temps, je suis de plus en plus intriguée. Je m'imagine dans les fin fonds de la Suisse en chevrière des montagnes, en pêcheuse d'écrevisses à Morbihan, en éleveuse de kangourous en Australie. Il faut aussi penser aux enfants. Sont-ils capables de changer subitement de lieu de vie ? D'habitudes ? Jésus n'a que 3 ans mais Auguste en a déjà 7...

-Maman ? Maman ?

-Je suis là, Jésus, dans le salon.

Mon petit garçon s'approche doucement, à moitié endormi et vient se blottir contre moi.

-T'aime maman...

-Moi aussi je t'aime mon trésor.

Tandis qu'il s'endort, je repense à la visite de Riboud, hier soir. Je ne cesse de songer à ce qu'il m'a dit avant de partir. Il s'inquiète vite pour les gens qui comptent pour lui. Mais comment puis-je compter pour lui alors qu'il ne me connait pas ? Si ça tombe, je suis une vraie psychopathe, je mange du chat, je fais peut-être des crises d'hystérie à tout bout de champs, je me roule par terre quand je ne suis pas contente, peut-être même que je manque d'hygiène, j'aime peut-être mon odeur de transpiration et en fais profiter tout le monde, je mange avec mes doigts au restaurant, me ronge les ongles d'orteils, me gratte l'oreille puis me lèche le doigt... Enfin bref. Non, je ne suis pas tout ça mais c'est pour vous dire que c'est facile de dire ça sans connaître l'autre ! Et admettons que je sois tout ça et qu'il s'en rende compte au bout d'un moment. Comment ferait-il pour revenir en arrière, revenir sur ses mots qui ont déjà touché mon cœur ? Eh bien il finirait par prendre ses jambes à son cou et me laisserait tomber, tiens ! J'estime qu'on ne peut pas faire de sous-entendus tant qu'on ne connait pas l'autre. C'est un chemin dangereux. Oui mais... lui aussi il compte pour moi et rien ne me dit que ce n'est pas lui que je viens tout juste de décrire... Oh, bon sang ! Je me frappe le front, éteins la télévision et serre mon fils contre moi. *Endors-toi, Ava. Les réflexions du soir ne mènent nulle part.* Gling ! Sur la table basse, mon ordinateur m'annonce un nouveau courrier. J'hésite à regarder. Si ça tombe c'est une pub à la noix pour du champoing ou pour du vin ou encore pour le vibromasseur dernier cri... Je soupire, tends le bras et attrape l'appareil.

*« Chère Ava,*

*J'espère que vous vous portez bien depuis hier soir et que vous ne m'en voulez pas d'avoir détruit votre robe. J'espère aussi que ma visite surprise ne vous a pas trop effrayée...*

*J'aimerais vous revoir. Mais si vous pensez désormais que je suis un psychopathe harceleur, je comprendrais.*

*Cependant, j'aimerais VRAIMENT vous revoir.*

*A bientôt ?*

*Edouard. »*

Je relis le mail et souris. Il est rigolo ce Riboud, il parle comme moi.

# Les catégories

8H24. De plus en plus tôt...

-Tu ne devineras jamais...

-Non, tu as raison. Je ne devinerai jamais et c'est très bien comme ça. Je t'aime beaucoup Virginie mais là j'ai besoin d'une pause. Je suis fatiguée d'entendre les soucis des autres, fatiguée que rien ne change et ne bouge. Tu as voulu te marier avec ce trou du cul ? Eh bien assume ton choix. Tu ne veux pas que le chien pisse partout ? Eh bien fous-le dehors ! Ainsi que ton mari ! Tu ne t'en porteras que trop bien. Maintenant, s'il te plaît, trouve-toi un psy !

Non, je ne rigole pas. Je lui ai vraiment balancé ça. Elle n'a pas eu le temps de rétorquer quoi que ce soit, j'ai vite raccroché. Mais vous savez quoi ? Je ne culpabilise même pas ! Non, même pas un petit peu. Je me sens soulagée d'un poids. Est-ce que ça fait de moi une mauvaise amie ? Peut-être. Et c'est OK comme ça. Est-ce que ça fait de moi une mauvaise personne ? Je ne pense pas. Pour la première fois de ma vie je m'autorise à dire tout haut ce que je pense et ça fait un bien fou.

Je survole mes mails lorsque je repère celui du restaurateur dans lequel il indique qu'il voudrait VRAIMENT me revoir. Je cogite, j'hésite, je panique. Une femme normale et sûre d'elle accepterait sans doute l'invitation sans arrière-pensée et sans attente particulière genre « je prends ce qui vient et pour ce qui ne vient pas : tant pis ». Mais je ne suis pas ce genre de femme. Moi je suis la blessée à vie par une relation toxique et une rupture douloureuse. J'ai perdu foi en les hommes, en l'amour et en un quelconque miracle de la vie. Pour moi, les hommes sont tous des cons. D'après mon tableau synthétique, on a 5 catégories d'hommes :

1. Les violents
2. Les manipulateurs (alias gros menteurs)
3. Les alcooliques (ou toute autre addiction)
4. Les Don Juan (alias coureurs de jupons désespérants)
5. Tout ça à la fois (juste bon à pendre par les roubignolles)

Je ne sais pas encore où situer Edouard Riboud là-dedans. Peut-être me faudrait-il rajouter une case juste pour lui ? Pour le savoir, il faudrait apprendre à le connaitre davantage. Et pour ça, je vais devoir me décoincer un peu et mettre mes peurs de côté. Je me regarde dans le reflet de mon écran mis en veille et je me dis que, pour tâcher de lui plaire un minimum, il faut que je fasse quelque chose de cette paille qui me sert de chevelure. Je décide de quitter plutôt sans demander l'avis de mon patron. A vrai dire, je ne sais même pas s'il remarquera mon absence.  Avant de démarrer ma voiture, je réponds à son mail.

« *Cher Edouard,*

*Comme vous l'écrivez, je vous soupçonne d'être un psychopathe harceleur. De plus, vous découpez mes vêtements.  N'avez-vous jamais regardé Esprits Criminels ?*

*Cependant, comme vous souhaitez VRAIMENT me revoir, je vous défie de ne pas m'assassiner, me découper ou même de me dévorer vivante et vous retrouve ce soir, 21 heures, au Palais d'Orient.*

*Ava .* »

Voilà, je l'ai fait ! J'ai même pris les devants. J'espère ne pas le regretter. J'ai peur… J'ai si peur ! Après ça, notre relation risque de changer. Moi, Ava, 32 ans, risque de ne plus être célibataire à partir de ce soir. Suis-je prête à ça ? Non ! Et s'il n'était intéressé que par une relation sexuelle ? Est-ce ce dont j'ai envie ? Pas vraiment, même si l'idée de le voir sans ses vêtements me plaît bien… Je ne veux pas risquer de m'attacher à lui. C'est pour ça que nous ne coucherons pas ensemble. S'il doit se passer quelque chose entre nous, alors ce sera du sérieux. Et s'il tente quoi que ce soit, ce sera une baffe dans sa figure. Ou peut-être un baiser et puis une baffe…

La coiffeuse m'a métamorphosée. J'ai une chevelure de déesse. Je rentre chez moi, je dîne avec les garçons puis les glisse dans leur lit aux environs de 20H30. J'ai promis à Nancy d'être de retour avant minuit et s'il se passe quoi que ce soit, j'interromprai ma soirée sans hésiter. Je porte une robe noire fluide avec un joli décolleté. Je me suis légèrement maquillée et j'ai chaussé mes plus beaux escarpins. Mon reflet me plait dans mon miroir et les compliments de Nancy me confortent dans l'idée que je suis très en beauté ce soir.

Edouard ne m'a pas répondu alors j'espère qu'il sera présent. J'ai choisi le Palais d'Orient pour son calme et pour ses thés délicieux, toujours accompagnés de desserts typiquement marocains. C'est l'endroit idéal pour terminer la soirée. J'arrive cinq minutes en avance alors je décide de ne pas entrer tout de suite dans le salon de thé. D'après ce que j'ai déjà pu entendre, une princesse doit se faire attendre. Disons que je suis une apprentie-princesse et que si j'arrive à l'heure, je serai satisfaite. Assise dans ma voiture, Jenifer Lopez à la radio, je danse et je chante pour me décontracter. Visiblement, c'est le spectacle de l'horreur car, au bout de deux minutes, un homme bouche bée me fixe à ma gauche. Enfin, ce n'est qu'au bout de deux minutes que je le remarque. Je coupe le moteur et sors de ma voiture. En attendant 21 heures pile, je vais regarder les vitrines des boutiques voisines du Palais d'Orient.

C'est une avenue relativement chic et branchée. Les devantures que compte le trottoir sont encore illuminées de guirlandes de Noël. Il ne manque plus que la neige et je me retrouve dans un téléfilm de fin d'année. La vitrine du Palais d'Orient approche et je suis de plus en plus nerveuse. Qu'allons-nous nous dire ? Allons-nous parler de boulot ? *Tout sauf ça, s'il vous plaît…* Je vérifie ma tête une dernière fois dans le carreau d'une voiture stationnée avant de passer devant l'immense baie vitrée du salon de thé. C'est bon, tout est bien mis, je suis toujours aussi belle. Mais alors que je marche devant la vitre, je le repère assis à une table. Avec une femme. Une autre que moi. Mon cœur s'emballe, je ne réfléchis plus, c'est à peine si je respire encore. Il se lève de sa chaise, contourne la table et enlace la fille. De là où je me trouve, je vois le dos cette personne et le visage détendu et souriant de Riboud. Serait-il possible qu'il ait cru discuter avec une autre par mails ? Était-il là avec elle depuis longtemps ? Combien de femmes enchaine-t-il sur une soirée ? Mon cœur bondit, mes mains sont trempées de sueur et mes jambes courent. Elles courent le plus vite possible jusqu'à ma voiture tandis que mes yeux se noient de larmes sans m'avoir préalablement demandé la permission. Le type qui me fixait avant que je ne déguerpisse est toujours là et me regarde exactement de la même manière. Je lui lève mon majeur et m'engouffre dans ma cacahuète. Je vérifie mes mails sur mon smartphone ; il ne m'a pas répondu. Peut-être n'a-t-il pas vu mon message, peut-être l'a-t-il vu et… Un tas d'idées et de suppositions défilent dans mon esprit confus. Je démarre en trombe et rentre chez moi.

Nancy est surprise de me retrouver si tôt mais ne me pose aucune question. Ma face doit parler pour moi. Je ne sais que penser de cette soirée qui n'a finalement jamais commencé. Mes enfants dorment profondément et je ne suis vraiment pas fatiguée. Je me dirige vers le réfrigérateur et me sert un verre de vin blanc. Ainsi qu'une boîte de cookies. Et un pot de glace à la banane de la célèbre marque avec la vache.

Comment a-t-il pu me faire un coup pareil ? « Je voudrais vraiment vous revoir » bla bla bla ! Je m'en veux surtout à moi-même. Pourquoi ai-je baissé ma garde ? J'étais bien avant d'essayer de faire confiance. Et voilà, je donne ma confiance et on la brise de nouveau. A un homme qui plus est ! Si je m'en étais tenue à mon discours de départ sur les hommes, je ne serais pas dans cet état. Il s'est bien foutu de moi. Je suis révoltée et terriblement déçue… J'ai besoin de prendre distance avec tout ça. Ma décision est prise. Et pour Edouard Riboud, qu'il aille se faire voir ! Monsieur catégorie 4.

## La décision

Le lendemain matin, je me réveille les yeux gonflés par les larmes qui ont coulé toute la nuit. Je suis en retard et je m'en moque. Ma boîte de réception clignote, j'ai plusieurs mails non lus.

*« Bonsoir Ava,*

*Je suis au Palais d'Orient, je vous attends.*

*Votre cher Edouard. »*


*« Re-bonsoir Ava,*

*Cela fait maintenant deux heures que je suis là et le salon de thé s'apprête à fermer ses portes… J'espère que tout va bien. J'ose espérer aussi que vous n'avez pas changé d'avis...*

*Votre cher Edouard. »*


*« Ava,*

*Je suis désolé si l'image que je vous ai donnée de moi est celle d'un type que je ne suis pas. Je ne suis pas parfait, c'est vrai, j'ai mes défauts… Je suis parfois pantouflard, très curieux (ce qui peut en agacer certains), je me lève toujours de mauvaise humeur, je me ronge les ongles quand je suis anxieux, je fume, j'ai un passif peu flatteur avec les femmes… Mais je vous assure que je suis un homme bien, aujourd'hui. J'espérais vraiment vous voir, ce soir.*

*Si vous ne l'avez pas encore deviné, vous me plaisez beaucoup, Ava.*

*S'il vous plaît, répondez-moi.*

*Edouard. »*

-Qu'est-ce que je dois faire, Erin ?

-Il te plaît ce gars ?

-Oui mais…

-Alors parle avec lui !

-Mais, Erin, je l'ai vu avec cette femme ! Il la prenait dans ses bras…

-C'était peut-être sa sœur… ou sa cousine ?

-C'est ça, oui !

-Ecoute, Ava, tout ça pour te dire que tu t'imagines peut-être quelque chose qui n'a rien à voir avec la réalité. Il t'a écrit que tu lui plaisais et c'est réciproque, qu'est-ce que tu veux de plus ? C'est une chance inouïe qui s'offre à toi, vieille fille de 32 ans, alors prends-là.

-Je suis désolée, sœurette, j'en oublie ta récente rupture... Comment tu vas, toi ?

-C'est ça, change de sujet... Moi ça va pas fort bien, je t'avoue. J'espérais trouver en Pierre quelque chose de différent mais c'était justement peut-être trop différent de ce que je connaissais.

-Nous avons toutes les deux besoin de changer d'air.

Sur cette pensée émergeante, le téléphone du bureau m'indique un appel de la réception. Ma sœur se concentre sur un cadre photo tandis que je lui tourne le dos et décroche.

-Ava, un homme te demande à l'accueil.

-C'est qui ? Il ressemble à quoi ?

-Un bel homme, attends... C'est quoi votre nom, déjà ? Ah, il s'appelle Hiboux ou un truc comme ça.

-Dis-lui que je ne suis pas là.

-Tu es sûre ? Il a un beau bouquet de fleurs !

-Tu peux le garder, Christiane.

Je repose le téléphone et soupire. Je me prends la tête entre les mains, je ne suis plus capable de réfléchir. Je ne réponds pas à ses mails, ce n'est visiblement pas suffisant. Maintenant il se pointe sur mon lieu de travail… Je dois bouger les choses, avancer. Aujourd'hui plus que jamais j'ai besoin de prendre une décision. Cette idée cogite en moi depuis un moment, maintenant il faut que j'agisse. Fuir ce boulot, c'est retrouver ma liberté, c'est respirer, c'est prendre les commandes de ma vie. Fuir Riboud, c'est renoncer à l'amour car on ne va pas se mentir plus longtemps, je pense être tombée amoureuse de ce crétin… Mais c'est aussi renoncer à la souffrance et à la peur d'être abandonnée à nouveau. Combien de temps vais-je pouvoir fuir ? Le plus longtemps sera le mieux. Alors que je me lève de ma chaise, ma sœur se retourne vers moi. Et, comme si elle avait lu dans mes pensées, elle me sourit puis me lance :

-Arcachon ?

## Une nouvelle vie ?

Tout quitter demande beaucoup de courage et plus de papiers que je ne l'aurais imaginé. Heureusement que je reste en France, je n'ose penser au temps nécessaire si j'avais immigré sur un autre continent. Auguste et Jésus n'ont émis aucune réticence quant au fait de partir à la dernière minute dans une ville qu'ils ne connaissent pas. J'ai juste eu à leur dire qu'il y avait l'océan et c'est parti dans une acclamation générale de « houra ! », de « youpi ! », de « maman, t'es la meilleure ! ». La seule à s'y opposer est ma mère.

-Te rends-tu compte de la connerie que tu es en train de faire ? Oui, je jure parce que je suis en colère, inutile de me regarder comme si tu étais choquée ! Ce sont tes agissements qui me choquent et m'inquiètent. Comment vais-je faire pour voir mes petits-enfants ? Tu as pensé à eux ? Et l'école ? Ils vont changer en plein milieu de l'année ? Comment perturber de pauvres petits gosses pour l'égoïsme de leur mère… Arcachon, que vas-tu faire là-bas, toute seule ?

-Je pars avec Erin.

-Erin ? Mais ça ne va pas ou quoi dans votre tête !

-Maman, ce n'est pas comme si on partait à l'autre bout de la terre… Et puis ce n'est pas pour toujours, non plus… On prend une année sabbatique, on va dire ça comme ça. La seule chose qu'Ava quitte vraiment c'est son boulot.

-Ava, tu démissionnes ? Mais c'était une place sûre !

-Et cette place ne me plait pas. J'ai besoin de changer de vie, maman, tu comprends ? Je pars un peu pour, sans doute, mieux revenir…

-C'est encore un homme qui est à l'origine de tout ça, n'est-ce pas ?

-L'homme n'est que la goutte d'eau qui a fait déborder le vase. Bon, il faut qu'on y aille. On t'appelle en arrivant, maman.

Ma mère serre mes enfants dans ses bras, surtout Jésus, et nous filons à la voiture pleine à craquer. Sur la route, Erin et moi rions de bon cœur. Ce qu'on vient de faire est de la pure folie et pourtant on se sent si bien. Faire une pause dans sa vie, j'estime que tout le monde devrait en faire une de temps en temps. Je repense à la tête de mon patron quand je lui ai annoncé que je partais. Sa bouche s'est ouverte si grande et si longtemps que j'ai fini par penser qu'elle était tout bonnement coincée. Je n'ai pas vu s'il avait réussi à la refermer, je suis partie avant. J'ai salué

Christiane et je lui ai souhaité plein de courage pour soutenir son fils dans la maladie. Je suis passée devant le bureau d'Etienne, je lui ai crié que désormais il pouvait prendre ma place, j'ai levé ma jupe et je lui ai montré mon cul. Il n'en revenait pas et moi j'étais absolument morte de rire. Vu sa tête, c'était sûrement le premier qu'il voyait. Après tout ça, j'espère ne jamais devoir venir retravailler ici.

Edouard Riboud ne m'a plus rien envoyé depuis mon départ. Je pense qu'il a compris que je ne reviendrai pas vers lui. Me l'avouer me fait de la peine alors je regarde le paysage pour ne plus penser à lui. Partir avec ma sœur est une première et je pense que ça nous fera du bien d'apprendre à nous connaitre davantage en tant qu'adultes à part entière. Et puis, je compte sur elle pour me garder les enfants de temps en temps car, cette pause, elle est avant tout pour moi toute seule. Ma sœur nous a loué un appartement en bord de mer. Etant donné les loyers élevés, elle n'a su nous le prendre que pour une durée de deux mois. Après, nous verrons où nous en serons.

Après des heures qui m'ont semblées interminables, nous arrivons à Arcachon. Je tombe instantanément amoureuse de cette ville et je me dis que je pourrais rester ici pour l'éternité. Nous laissons nos bagages à l'appartement où nous prenons plaisir à découvrir l'époustouflante vue sur la mer puis nous partons à pieds pour la ville, à la recherche d'un restaurant. Quel plaisir de descendre dans les rues de la ville animées, aux odeurs uniques à chaque trottoir, au passants souriants et gais. Je me surprends à sourire moi aussi et je me dis que le meilleur ne peut que m'attendre. La roue tourne, le karma va me sourire enfin, je le sens ! Nous prenons place au Palais des Iles. Je tente de ne pas ramener ce nom au soir où j'ai surpris Edouard avec une autre femme à notre rendez-vous nocturne et j'attrape mon téléphone. Je prends une photo et l'envoie à ma mère. Etrangement, elle nous souhaite un bon amusement. Je regarde ma sœur, incrédule.

-C'est rien, j'ai l'habitude de ses changements d'humeur soudains. Elle a probablement fait une sieste, elle a rêvé qu'elle couchait avec son Dieu tout puissant et maintenant elle est requinquée.

Beurk. Même si l'idée d'avoir un homme dans ma vie m'effraie au point de déménager à l'autre bout de la France, j'espère ne pas finir comme ma mère et ne pas être réduite à devoir assouvir mes désirs uniquement dans mes rêves.

Un soir, alors que les enfants sont couchés, je retrouve Erin sur la terrasse en train de siroter un cocktail sur un transat en osier, cachée sous un plaid.

-La journée il fait vraiment bon ici mais le soir brrr…

Je me sers un verre et m'installe à côté d'elle.

-Tu ne trouves que la vie est merveilleuse ici ?

-Ava, tu fais une pause. Je pense que n'importe quel endroit te semblerait magnifique dans ces circonstances. Mais tu as raison pour Arcachon, c'est paradisiaque. Tu penses à lui parfois ?

-Non, pas tellement.

-Alors comment sais-tu de qui je parle ?

-D'accord, tu as gagné… Je pense à lui tous les jours, c'est vrai. Mais ça ne me pourrit pas la vie. Juste le cœur.

-Je ne comprends pas pourquoi tu angoisses à ce point, pourquoi tu n'arrives pas à lâcher prise de temps en temps.

-Je ne sais pas, Erin. Ce n'est pas si simple pour moi de faire confiance.

-Mais ce n'est pas en une soirée que tu sais si tu peux lui faire confiance ou non. Tu ne lui as même pas laissé la chance de s'expliquer, tu es partie sans rien dire. Tu t'es fermée comme une huître.

-Je sens quand même meilleur qu'une huître…

Et nous partons dans un fou rire. C'est vrai qu'Edouard Riboud me manque même si, finalement, je ne connais rien de personnel à son sujet. J'ai voulu me protéger et d'après Erin ce n'était peut-être pas la solution. Elle, elle aurait foncé tête baissée, quitte à se prendre un mur par la suite. J'envie son audace, sa simplicité, sa franchise et aussi le fait qu'elle n'ait pas de gosses ! Hein ? C'est facile quand on n'a pas de mômes dans sa vie de ne pas se préoccuper de l'avenir, de foncer et advienne que pourra ! Je ne peux pas me permettre ça et prendre exemple sur ma cousine Joséphine. Au bout du quinzième type ramené à la maison, son jeune fils était incapable de dire lequel d'entre eux était son père. Et je pense que Joséphine a fini par les mélanger, elle aussi.

Avant de me glisser dans mon lit, j'enclenche le lave-vaisselle de la kitchenette, attrape mon ordinateur et m'installe dans le canapé, face à la mer. Je parcours les réseaux sociaux. Edouard n'a rien ajouté sur son compte Instagram. Je clique sur la photo de lui torse nu à la mer et soupire. Malgré le bruit de fond apaisant, ce soir, je m'endors avec quelques remords...

## Comme un poisson dans l'eau

Cela fait environ deux semaines que nous profitons de la vie à Arcachon. Pour marquer le coup, Erin nous a organisé une petite sortie. Elle n'a rien voulu me dire à part de prendre un imperméable pour moi et les petits. Nous la suivons alors dans les rues de la ville puis nous bifurquons vers le port. Je comprends rapidement notre programme. Une sortie en bateau, rien de tel pour se vider la tête.

Nous montons à bord du Filou, un petit bateau à moteur. José, un grand type d'une cinquantaine d'années à l'accent très prononcé, monte avec nous pour servir de chauffeur et de guide touristique. Je sens instantanément Erin un peu trop à l'aise avec lui et je me rappelle qu'il est tout à fait son genre. J'installe Auguste et Jésus sur les sièges en plastique qui longent la pointe de la vedette et les ordonne de bien se tenir à la rambarde car je sens que cette virée promet d'être turbulente.

Nous passons devant des yachts spectaculaires et, bien qu'il connaisse certains propriétaires, José n'a pas le droit de nous dire à qui ils appartiennent. Il nous parle des différentes sortes de poissons, nous

144

invite à prendre des photos. Il nous raconte l'histoire du port d'Arcachon et nous sentons l'amour qu'il éprouve pour cet endroit. Mes enfants sont fascinés par le spectacle de l'eau et je dois retenir Auguste plusieurs fois par le pull quand il se penche un peu trop à mon goût.

A environ un kilomètre du port, José accélère et mes garçons commencent à s'agiter.

-Les gars, du calme ! Vous restez assis sans bouger.

Mais alors que je me redresse pour donner de la puissance à ma petite leçon, la barque bifurque sur la droite et je suis projetée au-dessus de la rambarde. Mes garçons hurlent, moi aussi. Je me retrouve dans l'eau glacée de la mer, hurlant pour que José s'arrête. Il fallait que ça m'arrive, tiens ! Je tente de nager mais je me prends les remous du moteur en pleine face. Je tousse, je panique, je fulmine. Les cris de mes enfants ayant alerté le conducteur, il me repère une vingtaine de mètres plus loin et fait demi-tour. José me balance sur la tête une bouée rouge dont le bord en cordelette se prend dans ma boucle d'oreille.

-Attrapez la bouée !

T'es rigolo, elle est coincée ta bouée ! Je m'énerve sur cette boucle que je finis enfin par arracher de mon oreille et glisse un bras dans le donut gonflable. Mais alors qu'il me tire vers le bateau, je vois mon fils se pencher dangereusement au-dessus de la rambarde. Je hurle de toutes mes forces :

-Jésus ! Jésus ! Jésus !

-Madame, détendez-vous, le Christ ne peut vraiment rien pour vous ici !

-Je crie après mon fils, triple con !

Désorienté, il se retourne vers la pointe et attrape mon gamin juste à temps. Je nage jusqu'à eux et José me remonte à bord. La promenade, c'est fini pour aujourd'hui. Tandis que je grelotte sur les sièges en plastique, j'observe ma sœur regarder avec fascination le gaillard. Elle en pince pour lui, il n'y a aucun doute là-dessus.

-Je suis désolé d'avoir tourné si vite, m'dame. Vous devez vous dire que je sais pas naviguer et que…

-Ce n'est rien, le coupe Erin, vous les avez sauvé tous les deux et c'est ce que nous retiendrons.

Ben voyons…

Je crois que vous me manquez…

Le lendemain matin, je laisse les enfants à l'appartement avec Erin. J'ai besoin de me retrouver un peu seule et une balade matinale sur la plage ne peut être que bénéfique. Bien qu'il fasse frais, je me déchausse et prends plaisir à laisser le sable chatouiller mes pieds. Je ferme les yeux et me plante face au soleil. J'inspire profondément, retiens mon souffle puis expire intensément. Je songe à mon appartement et à mon courrier qui ne doit plus entrer dans la boîte aux lettres. Je passe un coup de fil à ma mère qui m'indique qu'elle est passée prendre mon courrier ce matin-même et qu'elle a fait une drôle de découverte.

-De quoi tu parles ?

-Le hall d'entrée était rempli de fleurs. On ne sait même plus y mettre un pied. Comme personne ne vient les chercher, j'en ai pris un bouquet. Crois-tu que c'est du vol ?

-Je suis certaine que non, maman… Dieu ne te punira pas pour ça. Y avait-il une carte dans ses bouquets ?

L'espoir qu'Edouard soit à l'origine de cet acte floral me donne un regain d'énergie. Alors que j'ai tout quitté, égoïstement j'espère qu'il pense à moi comme moi je pense toujours à lui.

-Je n'ai pas fait attention à ça, ma chérie. Mais si tu veux mon avis, c'est quelqu'un d'éperdument amoureux.

Je raccroche et me connecte au réseau de la ville. Edouard ne m'a rien envoyé. S'il était cette personne amoureuse dont parle ma mère, je suppose que j'en aurais entendu parler. Je décide de flâner dans les rues de la ville et de me créer mes points de repères. Un café qui s'appelle « L'espiègle » me permettra de retrouver le port et mon nouveau logement sans problème. Je m'arrête sur une petite place où un jongleur et un clown font leur numéro. Je n'ai jamais vraiment aimé les clowns, je ne comprends pas ce qu'ils ont de si rigolo. Je les trouve même plutôt laids et inintéressants. Je pense que c'est depuis ma plus tendre enfance. Quand j'avais six ans je suis allée dans un cirque avec ma marraine. Nous étions assises dans les gradins lorsque j'ai senti une pincette sur mes fesses. Quand je me suis abaissée pour regarder sous les gradins, j'ai aperçu une saloperie de clown qui me fixait. Oui, digne d'un film d'horreur. A cet âge-là, je n'avais jamais vu de film d'horreur donc je n'ai pas pris peur. J'ai juste eu cette pensée triste et logique que les hommes quels qu'ils soient (clowns, pères noëls ambulants, vieil Oncle Henry, homme-saucisse qui fait sa pub dans la rue, etc) pouvaient se croire tout permis auprès des femmes et des jeunes filles. Déjà à ce moment-là, une féministe progressiste grandissait en moi. Vous en conviendrez, ce clown pervers n'est peut-être pas innocent dans mon dégoût et ma crainte des hommes.

Cependant, ce clown ne fait pas le clown et me semble plutôt amical. Il s'approche de moi et me dévisage.

-C'est la première fois que je vous vois ici. Vous êtes françaises ?

-Oui. Je prends des vacances à Arcachon. C'est une ville magnifique.

-Je vous le fais pas dire ! Soyez la bienvenue parmi nous, alors. Et si vous restez ici un moment encore, venez faire un tour au « Four d'Archie », on y mange super bien et je ne dis pas ça parce que j'en suis le restaurateur...

-Je suis déçue, je pensais que vous étiez clown, lui dis-je en souriant.

-Je suis six jours sur sept derrière mes fourneaux et pendant mon temps libre, j'aime venir ici et faire rire les gosses de la ville. C'est un passe-temps comme un autre, je trouve. Nous ne sommes pas tous des mauvais dans les restos !

Pourquoi il dit ça ? Est-ce qu'il sait que j'ai repoussé Edouard Riboud ? Est-ce qu'ils se connaissent ? Est-ce que j'ai critiqué les restaurateurs ? Je réfléchis à ce que j'ai pu lui dire et je suis soulagée de n'avoir rien dit de contraire à leur sujet. Pourquoi aurais-je critiqué ces gens-là, d'ailleurs ? Tenir un restaurant est sans doute l'un des métiers les plus stressants. Tandis que je me défigure en me posant toutes mes questions silencieusement, le clown-cuisinier s'en va en riant rejoindre son collègue jongleur.

Plus tard, dans la soirée, j'écris un message à l'intention de Riboud.

*« Edouard,*

*J'espère que vous vous portez bien et que vous ne m'en voulez pas trop d'être partie sans prévenir. J'avais besoin d'une pause et, surtout, de prendre distance. Avec mon boulot, mes connaissances et avec… vous. Ce n'est pas que vous ne me plaisez pas, bien au contraire, vous me plaisez un peu trop. Chaque contact échangé, chaque regard, chaque parole ne me laisse pas indifférente face à votre charme que vous devez, sans grande difficulté, sans doute, savoir irrésistible.*

*Je me suis rendue au rendez-vous, au Palais d'Orient. Et, alors que je m'apprêtais à passer une excelle fin de soirée en votre compagnie, je vous ai surpris dans les bras d'une femme. Loin de moi l'idée de vous faire une crise de jalousie, j'ai tout simplement pensé que je ne vous plaisais pas assez que pour me respecter pleinement. Car, de mon point de vue, respecter une femme c'est n'en voir qu'une seule à la fois. J'ai donc préféré laisser ma place.*

*Après cette déception, plus rien ne me plaisait dans ma vie. Je ne vous rends évidemment pas responsable de tous mes maux, cependant vous êtes la goutte d'eau qui a fait déborder le vase. Et j'ai pris la décision de tout quitter. Malheureusement, je dois me rendre à l'évidence… Vous me manquez terriblement. Je ne sais comment revenir en arrière, comment effacer certains passages de mes dernières regrettables semaines. Si je le pouvais, j'effacerais même notre rencontre. Je m'étais jurée de ne plus retomber amoureuse sous peine de souffrances terribles… Et je suis tombée amoureuse de vous.*

*Vous en conviendrez, on se connait à peine, c'est vrai. Mais ne dit-on pas que l'amour ne s'explique pas ? Qu'il est impossible de contrôler ses sentiments ? Aussi, je vous demande donc de me pardonner, de jeter la cruche que vous enlaciez ce fameux soir et de me donner un signe. Je vous en prie, juste un petit signe que je puisse sentir votre présence. Savoir que vous pensez à moi comme je pense à vous me ferait tellement plaisir. Et me déculpabiliserait beaucoup.*

*Je vous aime beaucoup. Je suis folle de vous. Allez, reviens enfoiré !!!!!!!!!!!!!!!!!! »*

Evidemment, après ça, j'ai relu mon mail, j'ai rigolé (jaune) puis je l'ai effacé.

## Vivante

Comme me l'a conseillé le clown il y a quelques jours, je décide d'aller manger seule au Four d'Archie. Je ne sais absolument pas ce que l'on y mange exactement mais toute découverte est bonne à saisir dans cette merveilleuse ville. Aujourd'hui encore, j'ai laissé les enfants à Erin. Un marché aux puces s'est installé dans les ruelles bordelaises et elle a gentiment proposé d'y emmener ses neveux. Un compromis très intéressant étant donné qu'à leur retour ils seront épuisés et iront tôt se coucher. Les soirées papote entre sœurs nous font tellement de bien à Erin et moi.

Je suis légèrement déçue de ne pas découvrir de caviar sur la carte des plats mais tout de même agréablement surprise par les viandes et poissons et leurs différents modes de cuissons. Je me décide pour un rôti de porc au four avec ses pommes-de-terre au romarin et la salade du sud. Le chef Dorian alias le clown vient me saluer et me souhaite un bon appétit avant de repartir dans sa cuisine.

J'ignore combien de temps je vais rester ici mais je risque de prendre goût à ce mode de vie plaisant, serein et vivifiant. J'ignore aussi encore combien de temps Erin souhaite être de la partie et par la même occasion, je ne sais pas encore combien de temps je vais pouvoir profiter de cette tranquillité hebdomadaire sans mes enfants. Dans ce Beverly Hills français, je me sens chez moi, réconfortée et ressourcée. Mais il faut aussi se rendre à l'évidence, la vie est plus chère ici que dans mon petit village, je n'ai pas de travail et les enfants vont bien devoir être scolarisés à un moment ou un autre. Je tente de mettre mes tristes pensées de côté pour éviter la boule au ventre avant d'avaler mon plat.

Après le dessert, je choisis un digestif bien corsé que je suis obligée de boire en quatre ou cinq fois. Tandis que je rassemble mes affaires, j'ai la nette impression que quelqu'un m'observe. Je ne sais pas si c'est l'alcool qui me monte à la tête ou un client qui me fixe peut-être inconsciemment alors je décide de faire abstraction de cette drôle de sensation. Mais alors que je m'apprête à sortir du restaurant, une silhouette familière se dresse devant moi. Je suis tellement surprise que j'en fais tomber mon sac à main.

-Inutile de sauter dans une plante, cette fois-ci... me dit Edouard Riboud en souriant.

J'ouvre la bouche pourtant incapable de prononcer quoi que ce soit. Edouard s'abaisse et ramasse mes affaires. Il place mon sac sur son épaule et me propose de l'accompagner le long du port. Je lui emboîte le pas, bouleversée de le trouver là, en-face de moi, ici, à Arcachon.

-Ava, je ne voudrais pas que vous pensiez que je vous harcèle et vous suis jusqu'au bout de la France…

Je ne réponds pas et il rougit.

-Ava, je vous ai cherchée partout…

Il s'arrête puis se place devant moi, plongeant son regard dans le mien. Mon cœur bat à tout rompre, mes jambes tremblent et des gouttes de sueur commencent doucement à faire leur apparition sur le haut de mon crâne.

-J'ai déposé quelques bouquets dans votre hall d'entrée. Et puis j'ai remarqué que vous ne les preniez pas alors j'ai pensé que vous ne vouliez plus rien savoir de moi… Je pensais pourtant, enfin je me trompais sans doute, mais je pensais que je vous plaisais aussi… Un petit peu… J'ai commencé à m'inquiéter alors j'ai contacté votre patron. Il m'a expliqué que vous aviez quitté votre poste. J'étais anéanti, je pensais ne plus vous revoir. Puis il m'a dit que vous vous trouviez à Arcachon pour une année sabbatique. J'ai téléphoné aux quelques restaurateurs que je connais et je suis tombé sur Dorian. Quand je lui ai parlé de vous, il a tout de suite su de qui je parlais. Ava, je ne veux pas vous embêter davantage et je vous promets de disparaître aussitôt que vous le désirerez. Je voulais juste vous dire que je suis un gros con. C'est vrai, je suis un imbécile qui n'a pas toujours pris les bonnes décisions, j'agis sans réfléchir, je fonce sans regarder et je finis par atterrir ici, à Arcachon, à supplier une femme de me laisser une chance alors qu'elle a peut-être bien mieux à faire que d'écouter un idiot pleurnicher sur son sort... Ava, je suis tombé amoureux de vous à la seconde où je vous ai vue...

La vie m'aurait-elle apporté sa dernière carte ? Ma carte chance ? Si je ne la saisis pas maintenant, que se passera-t-il alors ? Sans réfléchir et en le regardant droit dans les yeux, je lâche :

-On ne vous a jamais dit que vous parliez beaucoup ?

Et je me jette à son cou. Cet instant, je l'ai rêvé jour et nuit. D'autant plus maintenant que je suis loin de lui géographiquement. Parce que là, on ne peut pas vraiment dire que je suis loin de lui, je n'ai d'ailleurs jamais été aussi proche de lui physiquement. On s'embrasse de longues minutes et je me sens vivante comme je ne l'ai jamais été. A cet instant précis, la chanson de Céline Dion « I'm Alive » hurle dans ma tête comme si le concert en entier se jouait à l'intérieur de tout mon corps. Je sais, c'est imagé, mais c'est pour vous aider à visualiser la scène.

Nous parlons de mon échappée belle à Arcachon, il m'envie de pouvoir vivre ma vie comme je l'entends. Nous parlons de mes dernières péripéties, il me pose des questions sur mes enfants. Nous parlons de notre rendez-vous manqué au Palais d'Orient et il m'explique que c'était son ex-femme que j'avais aperçue par la fenêtre.

-Si tu étais entrée, comme prévu, je t'aurais tout simplement présentée à Isabelle. Il n'y a rien d'ambigu entre elle et moi, nous nous respectons seulement. Elle avait quelque chose à m'annoncer et je lui ai proposé de passer au salon de thé, étant donné que je voulais y arriver avant toi. Comme nous avons été mariés quelques années, elle voulait s'assurer que je ne souffrirais pas si elle se remariait et que c'est ce qu'elle ferait de toute façon d'ici six mois. J'étais heureux pour elle et l'ai félicitée en la prenant dans mes bras. Je suis sincèrement désolé que tu aies pensé à autre chose… Pourquoi ne pas m'avoir posé la question ?

Gênée de ma réaction excessive, je baisse la tête en lui avouant que j'avais été verte de jalousie et que je n'avais pas cherché à en savoir plus par peur d'être déçue. Edouard me sourit tendrement et me caresse le visage. Cette fois, ses mains ne sont pas dans ses poches mais bien sur mes joues.

-Bon, Ava, j'aimerais VRAIMENT te revoir mais… Il va falloir que je te retrouve où maintenant ?

Nous éclatons de rire et il m'entraîne sur une petite péniche, à l'abri des regards.

Je dois bien avouer que j'ai quelques calculs à refaire, quelques hypothèses à retravailler. Edouard Riboud est unique en son genre. Traverser la France pour quelqu'un qui n'en avait peut-être rien à faire de lui, c'était un peu dingue. On peut trouver ça mignon comme on peut trouver ça effrayant. Quoi qu'il en soit, j'ai une rectification à faire dans mon tableau synthétique des catégories.

6. Une merveille extraterrestre (alias Edouard alias trop unique que pour partager !)

## Un an plus tard

Je cours dans tous les sens, suivie de mes fils qui n'en peuvent plus.

-Allez, les gars ! On se dépêche, nous sommes en retard !

-Comme d'hab… me lance Auguste, éreinté.

Je rectifie mon maquillage, ajuste les nœuds papillon des garçons et file à la voiture.

-Papa Edouard, il est où ? me demande Jésus.

-Il est déjà à l'église, il nous attend. Attachez vos ceintures, les garçons. On va faire un peu de rallye.

En un quart d'heure à peine, j'arrive à l'église Notre-Dame des Passes. Bien que nous ayons assisté aux répétitions les jours précédents, l'endroit m'émerveille toujours autant. L'église est immense et les jardins qui l'entourent sont époustouflants. Les couleurs du printemps sont élégamment équilibrées et j'ai la nette sensation d'entrer au Paradis.

Tout le monde est là ; ma mère, déçue que la cérémonie n'ait pas lieu à Monflanquin, les vieilles tantes, l'oncle Henry, les bécasses de cousines, la belle-famille, les amis,… Je sens le regard pesant des convives lorsque je cours vers l'autel. Mes enfants filent rejoindre Edouard qui me sourit tendrement sur le banc de devant. Qu'est-ce que je l'aime cet homme… Jamais je n'aurais cru dire ça un jour mais lui et moi sommes très certainement des âmes-sœurs. En tout cas, ma mère en est convaincue. J'attrape mon bouquet de fleurs aux couleurs pastel et je souffle un coup. Le prêtre me glisse un bonjour discret et la musique retentit. Tous les regards se retournent sur Erin et sa somptueuse robe. Pour la première fois en trois mariages, je suis émue aux larmes. José la regarde amoureusement venir jusqu'à lui et je suis tellement heureuse pour eux. Ils se sont bien trouvés, ces deux-là. Comme quoi, je conseille à tous les célibataires qui me lisent d'aller faire un tour en bateau. Vous pourriez tomber sur le guide touristique de votre vie.

J'échange un clin d'œil complice avec Erin qui attrape le bras de son futur mari. Tandis que le prêtre entame son discours religieux, je regarde discrètement Edouard en me demandant si ce jour arrivera aussi pour nous. Oui, j'en suis persuadée. Avant ça, nous avons encore tant de choses à vivre. L'ouverture de sa brasserie à Arcachon, l'écriture de mon livre, notre déménagement dans la périphérie bordelaise. J'ai construit ma nouvelle vie en bord de mer. Je me construis encore petit-à-petit avec les gens que j'aime, ma famille. Oui, nous avons encore tant de belles choses à accomplir avant de nous marier… Mais… Attendez ! 1, 2, 3, 4, 5… Non, impossible. C'est pas vrai… J'ai 15 jours de retard… Cette fois-ci, je ne peux plus espérer les voir arriver avant au moins 8 mois…  Bordel de merde !

Édition : Books on Demand,
12/14 rond-Point des Champs-Elysées, 75008 Paris
Impression : BoD - Books on Demand, Norderstedt, Allemagne
ISBN : 9782322260379
Dépôt légal : décembre 2020

**FSC**
www.fsc.org

**MIXTE**

Papier issu
de sources
responsables
Paper from
responsible sources

FSC® C105338